俺の彼女と
幼なじみが
修羅場
すぎる

庭に立ち尽くしていた自分。顔からすうっと血の気が引いて、
指先まで冷たくなるその感覚。
あの日あの時、どんより曇った空の色、庭の芝生の匂いまで、
脳にこびりついている。
二人の絆、二人の愛を、真涼は覚えている。
刻まれている。古傷のように。

Ore no kanojyo to osananajimi ga shuraba sugiru
Motokano
Cooperate
Osananajimi
Produce !
= Shuraba
Motokano
Motokonyakusha

秋篠姫香
Himeka Akishino

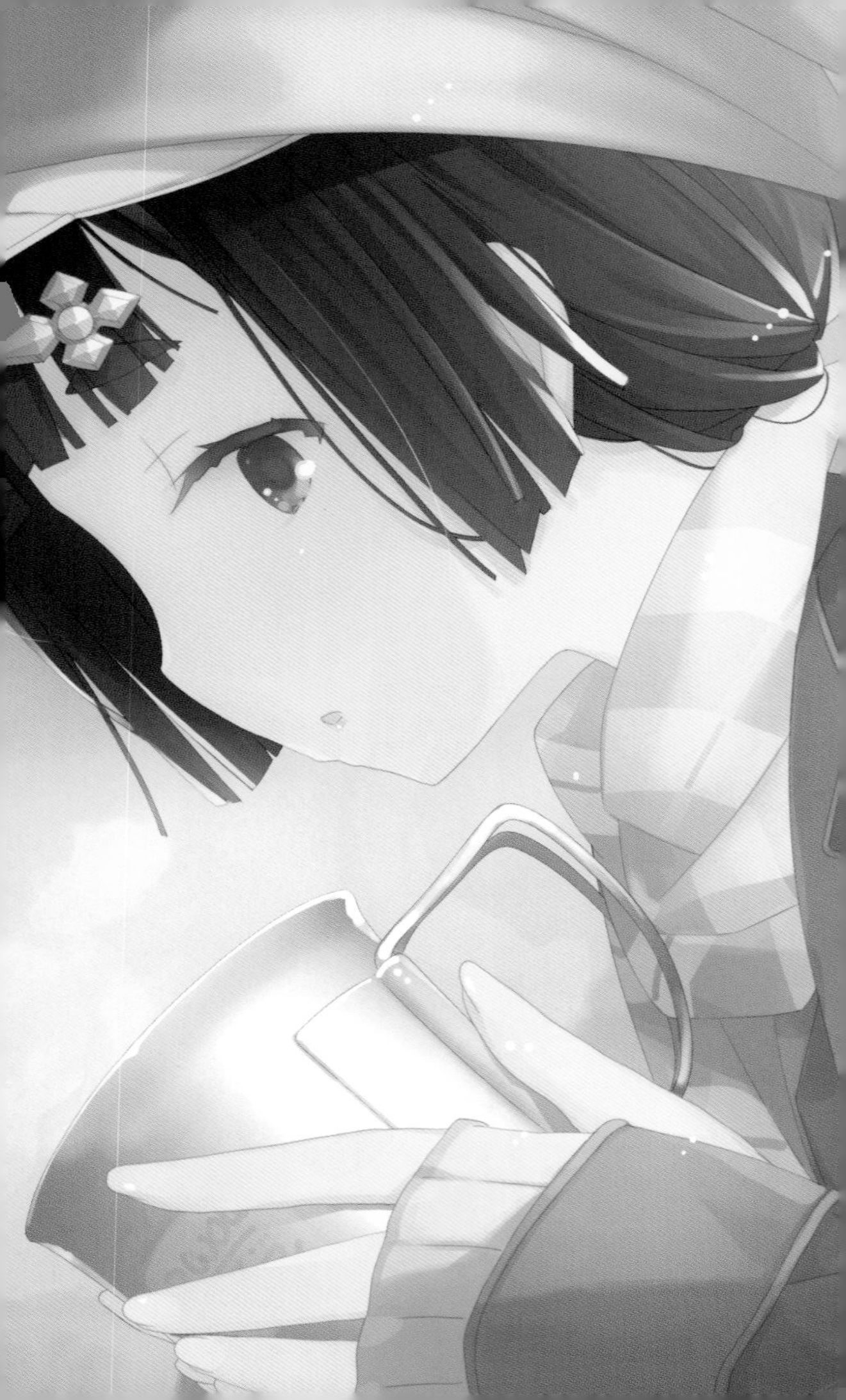

俺の彼女と幼なじみが修羅場すぎる16

裕時悠示

GA文庫

カバー・口絵　本文イラスト
るろお

CONTENTS

#0 修羅場の名残は頬に

朝、隣に住む幼なじみがやってきて、起こしてもらえる。

「朝だよ、◯◯くん。朝ごはんできてるから、早く食べて学校行こう?」

漫画やアニメのラブコメでは頻出《ひんしゅつ》するそんな体験を、毎日味わえる立場にある俺《おれ》こと季堂《きどう》鋭太《えいた》だが、実はそんなこと数えるほどしかない。小学校時代に何回かあったかな、という程度だ。中学時代の千和《ちわ》は剣道部の朝練のため、さっさと家を出てしまって俺を起こすヒマなどあるわけがなく、高校からの俺は寝坊など滅多《めった》にしないから、誰《だれ》かに起こされるということがそもそもない。現実なんてそんなもん、である。

ところが——。

「朝だよ、えーくん」

そんな声に目を開ければ、そこには心配そうに覗《のぞ》き込む幼なじみの眼差《まなざ》しがあった。目ヤニでくっつく瞼《まぶた》を、ぱりぱり、瞬《まばた》きさせる。場所は俺の部屋——ではなく、居間のソファだった。昨夜はここで眠ってしまっていたらしい。らしい、というのはいまいち記憶が曖昧《あいまい》なせいだ。

昨夜は真涼《ますず》と一緒にいたのだが、最後、どうやって眠ったのか覚えていない。

「珍しいね。こんなところで居眠りなんて。ベッドで寝ないと疲れとれないよ？」

「あ、ああ……」

昨夜は、ずっと真涼と話をしていて。

いろんな話を、夜通しして。

それから――。

「真涼は？」

思わず口にしてから、しまった、と口を塞《ふさ》いだ。

「夏川《なつかわ》？」

だが、時すでに遅し。千和にはばっちり聞かれてしまった。眉間《みけん》にぐっ、とシワが寄る。

「夏川がここにいたの？」

「いや、そんなわけないだろ。……昨日、パチレモンのことで連絡するとかなんとか言ってたんだけど、結局連絡なかったなと思って」

ふうん、とつぶやく千和の声には、どこか重い響きがあった。基本、物事の明るい側面ばかり見る幼なじみが、何かを疑ってるように見えた。

千和がこういう顔をする時は、たいてい――。

「何かあったのか？　真涼と」

千和はため息をついた。

「やっぱり、えーくんにはわかっちゃうかー」

「まあな」

なにしろ、長い付き合いである。声の調子ひとつで、今日の機嫌や体調まで読み取れてしまう俺たちだ。

もっとも、今回の場合はもっとわかりやすい情報がある。

「その顔、どうしたんだ？」

千和の右頬《みぎほお》にくっきりとついた赤い手形。

転んだりぶつけたりしてできる痕《あと》ではない。まぎれもなくビンタの痕であり、千和とそれだけ壮絶なケンカをする相手となれば、この世にひとりしかいないのである。

……そういえば。

昨日の真涼の頬にも、同じような痕があった。

「夏川と、ちょっとね」

「ケンカしたのか？」

「ケンカっていうか……」

珍しく言いにくそうにして、千和は視線を逸《そ》らした。

「えーくん、それよりもう、時間」

「……あ」

リビングの時計を見ると、もう時刻は八時近い。そろそろ出ないと間に合わない。それもかなりの早歩きになる。推薦入試に遅刻した俺が、また遅刻というのはあまりに格好が悪い。

千和もそこを気にしてくれたのだろう。

「愛衣《あい》やヒメっちと一緒に、部室で話すよ。それでいい？」

「わかった」

真涼の名前が出なかったことが気になったが、今は問い質《ただ》しているヒマはない。ともかくまずは着替えだ。顔を洗って、寝ぐせだけ整えて、朝ご飯抜きで家を出る。それでどうにか予鈴《よれい》には間に合うはずだ。

制服を取りに二階へ上がろうとした時だった。リビングのちゃぶ台に置かれた、小さな黒い物体に気づいた。それはＳＤカードだった。俺のものではない。冴子《さえこ》さんの？　いや、少なくとも昨夜はこんなものはなかった。

つまり、これを置いたのは、昨夜俺と一緒にいた人物ということになる。

「どうしたの？　それ」

千和が俺の視線に気づいて言った。

「ああ、冴子さんが忘れていったのかな。ちゃんとしまっておかないと」

カードをつまみあげて、ポケットにしまった。

大急ぎで部屋にあがって、制服に着替える前に、机の引き出しからノートPCを引っ張り出した。昔の電話帳みたいに分厚いやつ。親父《おやじ》が残していった年代物だ。こんなことしてる場合じゃないのはわかっているが、今、確かめずにはいられなかった。

ＰＣの遅い挙動にイライラしながら、カードのデータを読み込んだ。ガリガリッという昔のハードディスク特有の音とともに表示されたのは、無数の画像サムネイルだった。

「……これは……」

見覚えがある。

汚れちまつた俺の罪《カルマ》。
約束された勝利の断章《だんしょう》。
腐りきったこの時代《セカイ》。
俺を守る四人の美《ヴィ》・舞《マィ》・天使《エンジェル》たち。

どれもこれも、胃が「キュッ」となりそうな妄想《もうそう》の数々。
見覚えがある――どころか、これを書いたのは俺。

中学時代の妄想だのなんだのを書き殴った「黒歴史ノート」。俺の秘めた黒歴史の全容が記述された、俺と「彼女」しか知らないノート。そのページを一枚ずつカメラで撮った画像が、フォルダの中に収められている。

「真涼のやつめ……」

実物のノートはもう、偽彼氏《フェイク》解消のときに返してもらって、部屋の天井裏《てんじょう》に隠してある。ただ返すのは変だとずっと思っていたのだが、いざという時のためにデータは残してやがったのか。やはり抜け目のないやつ。思わず笑みが漏《も》れてしまう。

まったく、あの銀髪悪魔は……。

「……あっ」

昨夜の記憶がよみがえった。

俺の家に真涼が来るのは何度目かという話になって、真涼はこう答えた。「三度」と。それは俺の記憶とも違わなかった。だから追及しなかったのだが、その時、真涼が常になくまつげを伏せたのが少しだけひっかかっていた。

違う！

三度じゃない、四度だ。

このノートを真涼が返しに来た時のことを、カウントしてなかった。

だってその時、真涼は何も言わずに帰ったから。庭の窓の下にノートを置いて、俺には会わずに帰ったのだ。

何故《なぜ》、黙って帰ったのか？

あれは、一年の九月。学園祭の前のことだった。風邪をひいた俺は熱で朦朧《もうろう》として、学校の階段から落ちて気を失った。気づいたらリビングのソファで寝ていた。無理して起きようとしたのを阻止する千和と揉《も》み合《あ》いになって——それで、千和からキスされてしまったのだ。

非日常的な状況の為《な》せる、雰囲気に流されたキスだった。

千和も気まずかったのだろう。以降、この話題が俺たちのあいだで出たことはない。

だが、真涼はその光景を見ている。

庭のカーテンごしに、偶然、目撃してしまっている。

今まではっきり確かめたことはなかったのだが、昨夜の態度を見れば間違いないと言える。

偽彼氏を解消するため、ノートを返すために、わざわざ俺の家を訪れた「彼女」は、千和と俺のキスを目の当《ま》たり《あ》にしてしまったのだった。

「……ちくしょう、なにやってんだよ俺」

何故忘れてたんだ、今の今まで。

だから鈍感主人公って言われるんだよ！

「…………。…………………」

自分をひと通り罵《ののし》った後、俺の心に浮かんだのは純粋な疑問だった。

何故、真涼はこれを置いて行ったのか？

実物でもない、真涼の私物であるデータを、何故、俺に渡した？　そこには何か意味があるはずだった。何か、何か、意味が……。


――きっと、これが、最初で最後。


「まさか……」

昨夜の真涼の台詞《せりふ》が胸をよぎり、不吉な想像が広がっていく。

まさか、真涼は、もう俺の、いや、俺たちのところには――もう、

「えーくん、早くしないと、遅刻！」

階下から、千和の呼ぶ声がする。

「……いま、いく！」

そうだ、遅刻だ。早く着替えないと。

着ていたシャツを脱ぐとき、ふいに、残《のこ》り香《が》が鼻をくすぐってきた。

それは、昨夜一緒にいた「彼女」の匂《にお》い。

真涼が残した、香りだった。

爆食《ばくしょく》の巨人

#1 真涼がいない修羅場

『信頼を積み重ねるのは二十年かかるが、失うのは五分で済む』

とある大投資家の言葉である。

英語の長文読解でこの文章に触れた時は、なんとも思わなかった。そうだね、プロテインだね。ありふれた、どこにでも落ちている箴言《しんげん》に過ぎないと感じたものだ。ようするに、「言葉」にすぎなかった。ただの文字列にすぎなかったのだ。

今は違う。

この言葉は実感をともない、リアルとなって俺《おれ》の身に降りかかっている。

「……チッ」

朝のHR。

嫌味なほど眼鏡《めがね》が似合う我が担任は、俺を見るなり舌打ちした。顔を見るのも嫌だと言わんばかりに視線を逸《そ》らし、ぞんざいな手つきで一枚の紙切れを差し出した。ああ嫌だ嫌だ、仕事だから仕方ない、そんな態度である。

受け取って席に戻る途中、クラスメイトたちの視線とぶつかる。やはり担任と同じで、すぐに目を逸らされてしまった。この前まで「入試がんばれよ!」とか「勉強教えてくれ!」なんて言っていたのに、今はただ無視。お前なんか知らない、関係ない、そんな態度であった。手のひらクルックル。流儀神砂嵐《モード・かみずなあらし》。シーザー死んじゃう。

信頼を積み重ねて二年と五ヶ月。

失うのは一日。

入学以来ずっと学年一位の成績を維持し続けることで積みあげた信頼は、推薦入試当日に遅刻するという失態によって灰燼《かいじん》に帰した。眼鏡担任の称賛も、クラスメイトの尊敬も、すべて。

俺としては、「しょうがない」という気持ち半分、「そりゃねえだろ」という気持ち半分。前向きに考えるなら、この逆境をバネとして、二月の一般入試で見事合格を決めて、こいつらの手のひらをもう一度返させてやる！　みたいな発奮材料にするのが健全であろう。

しかし——。

「……うーん……」

席で紙を開いて、うなってしまった。

そこには、夏休みに学校を通じて受けた全国模試の結果が打ち出されている。

神通《じんずう》大学医学部、合格判定「C」。

パーセンテージでいうと50％。受かるかどうか五分五分という数字である。「これからの努力次第、弱点を克服しましょう」という文言が添えられている。ちなみにAやBだと「合格圏内です。この調子で頑張りましょう」みたいな文言になる。

これが宝くじならばともかく、大学入試で合格率50％なんて数字はお話にならない。ガチガチの大本命に据《す》えるにはあまりに心許《こころもと》ない数字だ。しかも、三年生の十月というこの時期である。第一志望の変更も考えなくてはならない数字だ。

だが、俺には神通大学医学部しか選択肢がない。自宅から通える医学部は、ここしかないのだ。「落ちた時は浪人しなよ」と冴子《さえこ》さんは言ってくれているが、できる限りその選択肢は選びたくない。いくら家族とはいえ、いや家族だからこそ、冴子さんへの負担は減らしたい。

そんなわけなので、何が何でも受からなくちゃの状況にあるのだが……。

ちらと隣に視線をやれば、そこは空席だった。

言わずと知れた、我が強敵にして元彼女・夏川真涼《なつかわますず》の席である。

こいつが欠席していても、誰《だれ》も不思議に思わない。二学期に入ってからは三日に一度は休むようになっている。パチレモンが一流出版社である俊英社《しゅんえいしゃ》と提携して以来、東京《とうきょう》と羽根《はね》ノ山《やま》市を行ったり来たり。今日もどこかで打ち合わせやら会議やらが入っているのだろう。

しかし、今日は無性に心が騒ぐ。

昨夜、真涼が俺に言った言葉。

——きっと、これが、最初で最後。

あれはどういう意味だったのだろう？

稀代《きたい》の嘘《うそ》つきの発言をいちいち気にしてもしょうがないかもしれないが、妙に気がかりだ。

今日、学校で顔を見られれば安心できたんだけどな……。

「鋭太《えいた》」

名前を呼ばれると、すぐそばに遊井《あそい》カオルが立っていた。模試の結果を取りに行った帰りのようだ。

いつもと同じように微笑《ほほえ》んでいる。

我が親友。

「どうしたんだい？　浮かない顔して」

「……あ、ああ。ちょっと、模試の結果がな」

「見せて」

と、自然に手を差し出してくる。カオルにしては遠慮がない。違和感を覚えつつ、隠す必要もないので、そのまま手渡した。

「……そっか。Ｃか。なかなか厳しいね」

「ああ、もっと頑張らないといけないな」

カオルは素早く首を振った。

「僕が思うに、鋭太の実力は十分だよ。ただ、環境が十分とは言えないね」

「環境？」

「もっと勉強に集中できる環境を作らなきゃ。それには、周囲の理解が必要不可欠だよ」

そういってカオルは教室を見回した。担任やクラスメイトを見つめるその眼差《まなざ》しは鋭く、どこか険しいものがあった。さっきのやり取りを見ていたのだろうか？　俺の代わりに怒ってくれているとか？

カオルの視線が、一箇所に固定される。

そこにはクラスの中心人物である坂上《さかがみ》弟と、髪をオールバックにした男子生徒が二人で何か話している。坂上はすっと視線を逸らしてしまったが、オールバックのほうは俺を見ながらニヤニヤ笑っている。

「宮下《みやした》くんだよ」

カオルが言った。

「ハネ高の裏サイトの管理人をやってるって話だよ。彼は」

「裏サイト？　うちの学校にもあったのか！」

時々テレビや雑誌で話題になっているのを見かけることはある。多くは生徒が非公式に作った掲示板で、教師や生徒の悪口、密告など、表では言えないようなことが書き込まれる。平々凡々としてるうちの学校にも、そういう裏の顔があったらしい。

「ああいうのって、今はＳＮＳに移行したんじゃないのか？」

「ハネ高にはまだあるんだよ。宮下くんはおととし卒業したお兄さんが作ったサイトを受け継いだらしいけどね、今でもそれなりに書き込みがある」

「ふうん……」

ということは、カオルも見てるんだな。

俺も少し興味がわいたけれど……いや、やめておこう。見ないほうがいい。俺の悪口は今が旬。思う存分叩《たた》かれ踏まれサンドバッグにされていることだろう。

そのサイトの存在を念頭において改めてクラスを見回すと、なるほど、この一致団結した空気も頷《うなず》ける。みんなネット上で俺への反感、悪意を共有しているからこそ、この雰囲気を醸《かも》し出《だ》せるっていうわけだ。

「宮下くんとしては、ホクホクだろうね。鋭太の悪口で小銭が稼げるんだから」

「え、なんで？」

「アフィリエイト広告」

「……あー」

まとめサイトとかによくあるやつだ。鬱陶《うっとう》しくでかでかと広告が出てきて、クリックすると商品ページに跳ぶ。その閲覧数、クリック数に応じて、サイト主は広告会社からお金が入るという寸法だ。

まさか、俺の悪口でカネ儲《もう》けするやつがこのクラスにいるとは……。

真涼が聞いたら、なんて言うかねえ。「画期的なアイディアね」とか絶賛しそう。

「ま。しょうがないよ。俺は学校の期待を裏切った〝裏切り者〟だからな」

茶化《ちゃか》すように言ってみた。

だが、カオルは生真面目《きまじめ》に首を振り、そっと俺の手に手を重ねてきた。

女の子のように白くて、繊細な手。

「大丈夫。全部、僕に任せて」

「えっ？」

「鋭太がちゃあんと希望の進路に進めるように、僕が整理してあげる。いろんなものを、僕が片付けてあげるからね」

すぐには返事できなかった。

整理、という言葉には妙な響きがこめられていた。また、その言葉を紡《つむ》ぐカオルの唇はなんだか紅《あか》くて、濡《ぬ》れていて、艶《なま》めかしくて。思わず見とれてしまったのだ。

カオルの視線が移動する。

空席となっている俺の隣——真涼の席へと固定された。

「夏川さん、欠席だね」

「…………」

カオルは右頰《みぎほお》を軽く吊《つ》り上《あ》げた。

「もしかしたら、もう、来ないいんじゃないかなあ？」

どこか嘲笑《あざわら》うような響きが、その声にはあった。

「……どういう意味だよ」

「別に？　深い意味なんかないよ？　ただ、そんな気がしただけさ」

くつくつと、カオルは喉《のど》の奥で笑った。

いつもの爽《さわ》やかな笑みとはほど遠い、何かの企《たくら》みを感じさせる笑い方だった。

◆

放課後の部室には、重い空気が立ちこめていた。

いつもの机ではなく、畳敷きの小上がりに三人が並んで正座している。

右から千和《ちわ》、ヒメ、あーちゃんの順に座り、入室した俺に視線を固定した。

「タッくん。こっちに来て座って」

三人を代表するかのように、あーちゃんが口を開いた。その表情は険しい。怒っているのかと思ってまじまじ顔を見返すと、その両頬が赤く腫《は》れている。千和や真涼と同じだ。俺がいない部室でどんな修羅場《しゅらば》が繰り広げられたのか、尋常ではない何かを感じさせる腫れ方だった。

「私たち、聞いたわ。タッくんの遅刻した理由」

「うん……」

「そのことについて、話したいの。ちゃんと、四人で」

四人、とあーちゃんは言った。やはり、真涼は含まれていないということか。

「エイタ……」

そうつぶやいたヒメに視線を移すと、瞼《まぶた》が腫れぼったくなっている。いつも愛くるしくぱっちりしているヒメのおめめがそんなだから、心配になってしまう。これもまた、尋常ではない。

上履きを脱いで小上がりにあがると、いつもヒメたちが同人誌執筆の作業机にしているちゃぶ台に二つの品が置かれていた。

ストラップと、扇子《せんす》。

漢字の「乙」の形をしたストラップは、一年の夏合宿の時に千和たち三人が作って、全員に配ったものだった。その心遣いに打たれた真涼は、三人を騙《だま》していた己《おのれ》の所業を悔いて、俺デレコンテストで「罪の告白」のようなことをすることになった。ある意味、俺たちのターニングポイントになった品だ。いわば「部員の証《あかし》」みたいな品である。

そして扇子は、二年の夏の東京旅行の折りに真涼がみんなに手渡したものだ。ストラップ

のお返し——なんてこと、あの銀髪が言うはずがない。「無料で配っていたから」などと秒でバレる嘘をついていた。俺たちは苦笑しながら受け取ったものだ。

その二つが、意味ありげにちゃぶ台に置かれている。

「それ、夏川が置いてったんだよ」

ストラップをにらむように見つめながら、千和が言った。

「扇子はあたしの。夏川に返したんだけど、やっぱりそのまま置いて帰った」

途方に暮れて、俺は千和を見つめた。

「いつもの、よくあるケンカじゃないのか？　ほら、お前ら、いつだってケンカして、その後仲直りして、どんどん仲良くなっていったじゃないか。今回だって……」

千和は首を振った。トレードマークである短いツインテールが、大きく跳ねた。

「もう、夏川とは、友達じゃいられないと思う」

「………」

頑《かたく》なな言葉だった。

俺としては、千和が真涼を「友達」と呼んだことに軽い驚きがある。たぶん、初めてじゃないだろうか。もちろん、「こいつらとっくに友達だろう」と思ってはいたが、本人の口からそう言われると、別の感慨がある。

だけど。

その感慨深い言葉は、「もう、友達じゃいられない」という、過去形で語られた。

「何があったか、話してくれよ」

「……」

千和はぎゅっと唇を引き結んだまま、開こうとしない。

「ヒメとあーちゃんも、千和と同じ気持ちなのか？」

ヒメは気まずそうに目を伏せた。

口を開いたのは、あーちゃんだ。

いつもと違う、どこか弱々しい口調で言った。

「夏川さんが言ったのよ。『良かったじゃない』って」

「良かった？」

「タッくんが遅刻して、良かったじゃないって。交通事故に遭《あ》った女の子を助けて、ヒーローになれて。ずっと憧《あこが》れてた英雄になれて良かったじゃない、って」

それは、真涼が昨夜俺に直接言った言葉だった。

そして、その言葉で俺は救われたのだが、どうやら千和たちには真逆の意味で伝わってしまったようだ。

「英雄かどうかはともかく、俺はいま、後悔していない」

力をこめて言った。

「ほら、医者って結局、人の命を救う職業だろ？　それを目指してる俺が、目の前の事故を放っておいて試験受けに行くっていうのも、なんか違うっていうかさ。別にあれがラストじゃない、一般入試っていうチャンスもまだ残ってるわけだし、今はもう切り替えてるよ」

「それは、わかるのよ」

あーちゃんは頷いたが、納得している顔ではなかった。

「タッくんらしい考え方だって、本当にそう思う。私たちだって、いつまでも終わったことをグチグチ言いたくないわ。でも——歯がゆいのよ」

「歯がゆい？」

「タッくん、このままじゃ学校の裏切り者扱いじゃない。みんなの期待を裏切って、試験に寝坊して遅刻したっていう汚名を着せられたままになるじゃない。そんなの、私たちには耐えられないのよ」

「俺は、周りにどう思われたって構わないよ」

「本当に？」

「本当だよ。どんな理由でも遅刻は遅刻だしさ。理由を話したからって、試験がやり直しにはならないだろ？　だから、他人に話したところで」

千和は激しく首を振った。

「えーくんは自分を大事にしなさすぎだよ！　どう思われたって構わないなんて言わない

で！　えーくんがバカにされてたら、あたしすっごく悲しいんだから！」

「……」

やっぱり、わかってもらえないか。

千和やあーちゃんの言うことはまったくの正論だ。反論の余地はない。それは、俺にだってわかってる。自分でもねじれた考えだと思う。他人が理解するのは難しいだろう。

俺がみんなに言いたくないのは、「美談」にしたくないから。

俺は俺のために、俺だけのために、あの救助を行ったのだ。被害者のためじゃなくて、千和の事故の時に為《な》すすべがなかった自分自身の苦い過去を「取り返す」「やり直す」——言葉は悪いが、「復讐《ふくしゅう》」するために、受験をなげうってしまった。

ただ。

つらいは、つらい。

周りから裏切り者扱いされるのは、当然、つらい。

そのつらさを癒《い》やしてくれたのは、たったひとりの「理解者」がいたから。

そう。

真涼がいたからだ。

あの黒歴史ノートを見た真涼は、千和たちが知り得ない、俺の真実を知っている。

もし真涼がいなかったら、俺は世間の目に耐えられなかったかもしれない。

真涼がわかってくれたから、たった一人の理解者になってくれたからこそ、裏切り者扱いも大丈夫と言えるようになった。

結局、この件は、俺と真涼にしかわからない世界なのだ。

嘘を共有した、共犯者にしか……。

「ようやくわかりあえたって思ったのにね」

あーちゃんがつぶやいた。

「パチレモンのイベントを通して、ようやく夏川さんのこと、少しはわかったかなって。乙女《おとめ》の会の結束が、ここに来てようやく固まってきたのかなって、そう思ってた。だけど、やっぱりこうなっちゃうのね。私にも、夏川さんが何考えてるのかわからないもの。でも、それが当たり前なのかもしれない。いくら仲間だからって、友達だからって、その人のすべてを理解するなんてできっこない。わからなくって、当然なのかもしれない。だとしたら、ハーレムなんて、やっぱり夢物語なのかしらね……」

ため息まじりの弱々しい声で、あーちゃんは言った。

「ねえ、タッくん。私、自信なくなっちゃった。こんな風に空中分解してしまう私たちが〝楽園〟なんて作れるのかしら。ハーレムなんて、夢のまた夢でしかないのかしら」

言い出しっぺのあーちゃんが、こんなこと言うなんて。

今回の件は、俺の思っていた以上の衝撃を三人に与えていたようだ。

ヒメが言った。

「もし、ハーレムができないとしたら、マスターはどうするの？　エイタのこと、あきらめるの？」

「そんなわけないでしょ」

間髪入れず、即答だった。

「なんであきらめなきゃならないのよ。夏川さんが何を考えていようと、企んでいようと、私が遠慮しなきゃならない理由なんかどこにもないじゃない。今すぐどうこうなろうとは思わないけど、とりあえず一旦《いったん》全部リセットして、最初からやり直しね」

「……」

それは、あーちゃんからしてみれば当然の帰結なのだろう。

自演乙《じえんおつ》は、最初からなかったことになって。

リセットされて。

いちから、ニューゲーム。

「ま、それもいいんだけどね。いいんだけど、……いいんだけど。私の高校三年間はなんだったんだろう？　って思っちゃうのも確かね」

はあっ、とあーちゃんはため息を吐き出した。

千和はじっと黙って正座して、自分の膝《ひざ》を見つめたまま動かない。

「ヒメちゃんはどうなの？　タッくんのことあきらめられる？」

「わたしは……」

ヒメは千和の横顔をちらと見た後、俺の目を見つめた。

「わたしがエイタのこと好きなのは、きっと、この『乙女の会』込み。エイタのことは好きだけど、会長やマスターやチワワのことも大切。だから、こんなことで壊れて欲しくない。それは、駄目」

「ヒメ……！」

ああ、マイスイーテスト・ハニーよ。

やっぱりヒメは、俺と同じ考えでいてくれた！

「ただ」

と、ヒメは言葉を続けた。

「今回のケンカは、今までとは違う気もしている」

「違う？」

「今までチワワと会長は何度もケンカしてきたけど、それはたいてい、鋭太を巡っての争いだった」

「今回は違うっていうのか？」

「……わからない」

ヒメは長いまつげを伏せた。

「チワワとケンカした時の、会長のあんな顔。初めて見た。とても大切なものが壊れてしまったような、何か、とりかえしのつかないことが起きてしまったみたいな顔。会長でもあんな顔するんだって、思った。だから…………不安」

ヒメの言葉の意味を考えてみた。

千和と真涼は、何度となくケンカしてきた。争い合い競い合い、いがみ合ってきた。自演乙の三年間は、そのまま、千和VS真涼の修羅場の三年間だ。半年前の春イベントの時だって、剣をまじえる大乱闘をやらかしたばかり。

そんな真涼が、今さら？

千和とケンカしたくらいで？

他の誰かが言ったなら、「いつものことだから、ほっとけ」なんて一笑に付しただろう。だが、他ならぬヒメが、同じ三年間を共にしてきたヒメが言うのだ。

真涼は、何を思ったのだろう？

今回の修羅場で、いったい、何が壊れたというのだろうか……。

「と、ともかく、もう一度話してみなきゃわかんないだろ？　一日経《た》って真涼も冷静になってるだろうし、全員で話し合えば」

「そうね、私もそう思わなくはないんだけど」

あーちゃんが言った。

「でも彼女、なかなか登校して来ないでしょう？　今日も欠席してるって聞いたわ。パチレモンの仕事って、今そんなに忙しいの？　おばさまから何か聞いてない？」

「いや……」

冴子さんはあいかわらず忙しそうだが、それはいつものことである。特別新しい仕事が決まったとも聞いてない。

真涼が欠席するのはいつものこと。何も不思議なことじゃない。

そう、思ってはいるけれど……。

「みかんさんに電話して、聞いてみる」

俺が携帯を取り出すと、あーちゃんは驚いた顔をした。

「今ここでかけるの？」

「早いほうがいいだろ」

「それはそうだけど、忙しいならご迷惑にならないかしら？」

あーちゃんの言うことはもっともだったが、今はともかく真涼のことが気にかかる。一刻も早く確かめたい、そんな焦《あせ》りに突き動かされてスマホをタップする指がもつれた。

「あ、もしもし、季堂《きどう》ですけど」

しばらくして、寝ぼけた声が聞こえてきた。

『ん～～～……おー、季堂氏。おはようござるです。気持ちの良い朝ですねえ』

「いや、気持ちの悪い夕方ですけど」

　今は午後の四時すぎである。今さらながらこの人の生活リズムはどうなってるのだろう。

「徹夜に徹夜をかさねて昼夜が三回転半ひねりくらいするんだよね～」なんて冴子さんはよく言ってるけれど。

「お忙しいところすいません。そちらに、真涼は来てますか？」

『ん、れ、あれ？　サマリバさん学校じゃないんですか？』

　逆に尋ね返されてしまった。

「いえ、今日は欠席してますよ。てっきり俺は、仕事が忙しいのかなって」

　しばらく沈黙があった。

『おかしいですねえ。こちらには、しばらく受験勉強に専念するという連絡があったのですが』

「会社に来てないんですか？」

『ええ。おかげで今日の予定はすべてキャンセルになりまして。某社の買収計画について詰めるはずだったんですけどねえ』

　ふわぁぁ、という大きなあくびが聞こえる。

「連絡って、真涼から休むって言い出したんですか？」

『いーえ？　サマリバさんのお父上の、秘書を名乗る方からです』

背筋がぞわっ、とするのを感じた。何か聞き返そうと思ったのに、舌が咄嗟《とっさ》に回らない。

『季堂氏、サマリバさんに会ったら言っておいてください。なんでもいいから連絡ちゃぶだいって。よろおねです～』

最後にもう一発あくびが聞こえて、通話は切れた。

「みかんさん、なんだって？　ねえ、タッくん！」

あーちゃんに肩を揺さぶられるまで、俺は固まっていた。みかんさんの言葉の意味を考えていて、周りの声が聞こえなくなっていた。

「真涼、今日は編集部に来てないって……」

ヒメとあーちゃんが、えっ、と声をあげた。

「会長、パチレモンもお休みしてるの？　受験勉強？」

「いやいや、それはないでしょ。勉強なんか一切《いっさい》しませんそれで受かりますって豪語してたじゃないの」

まったく同感である。

さらにひっかかるのは、休むという連絡が本人からではなく、あの親父《おやじ》の秘書からあったということだ。仮に病気で休んでいるとしても、自分で連絡するはずだ。反目しているあの親父に頼むなんてこと、天と地がひっくり返ったってありえない。

つまり、今日の欠席には、真涼の意志が介在していないということだ。

俺はスマホを取り出して、真涼の番号をタップしてみた。昨日の今日で、なんだか話すのをためらう気持ちがあったが、もうそんなこと言っていられない。

受話口から流れてきたのは真涼の声——ではなく、機械的な音声。おかけになった電話は電波の届かないところにあるか電源が入っていないためかかりません。

「おかしいわね」

あーちゃんが疑問を口にする。

「夏川さんって、今やいっぱしのプロデューサー、たくさんの仕事を抱えてるんでしょう？　電話はいつも繋《つな》がるようにしてあるんじゃないの？」

俺も同じことを思った。凡人であればうっかり電源を切らしてしまったということだってあるだろうが、真涼に限ってそんなミスはありえないように思う。

「まさか、あの親父が無理やり捕まえて……」

それならば、辻褄《つじつま》が合う。

自分のコントロールから外れようとする娘に業を煮やした夏川亮爾《りょうじ》は、なんらかの手段で真涼を幽閉《ゆうへい》してしまった。物理的に閉じ込めてネット環境を奪ってしまえば、いくら真涼でも自由にはできない。学校にも編集部にも、あの男ならばどうとでも説明ができる。

俺が事情を話すと、あーちゃんもヒメも表情を曇らせた。

「じゃあ、あのお父さんがまた何か横槍《よこやり》を？」

「会長、囚《とら》われの身？」

「――それは、違うと思う」

ずっと沈黙していた千和が顔を上げた。

「去年ならわかんないけど、今の夏川が、パチレモンのプロデューサーの夏川が、あのお父さんが何かしたところで、黙って捕まってるわけないよ。どんな手を使っても逃げ出して、自分の野望に突き進むはずでしょ」

「それは……」

千和の言う通りだと思った。

あの真涼が、母親の件を乗り越えて覚醒《かくせい》した真涼が、今さらあの親父にどうこうされるなんて考えづらい。だからこそ親父は、俺なんかを頼って「裏口入学」を持ちかけてきたのだ。

「もし夏川が仕事も学校も休んで、お父さんのところにいるんだとしたら、それは夏川が自分で選んでるんだよ。自分で考えてそう行動したんだよ。どういうつもりなのかはわからないけど、とにかく、無理やり強制されて捕まってるっていうのはぜったい違う。それは、殴られたあたしが一番よくわかる。他人に言われてハイそうですかって従うヤツが、あんな気合いの入ったビンタできるわけない」

千和は自分の右頬をさする仕草をした。

俺は呆然《ぼうぜん》として、幼なじみの顔を見つめた。千和のこんな顔、初めて見る。十年以上の付き合いで、こんな顔は初めてだ。なんと言ったらいいのだろう、信頼？　尊敬？　怒り？　悲しみ？　ともかく、ひとことでは言い表せない表情が、ずっと肉肉うるさかった無邪気系元気印の幼なじみの顔に浮かんでいるのだ。

それは、大人の顔だった。

大嫌いな相手を、憎くてしかたがない相手を、こんな風に「認めている」なんて。

千和は、成長した。

こんなときに、こんなことで、幼なじみの成長を思い知るなんて……。

「い、いや、じゃあ結局、どういうこと？」

千和の迫力に呑《の》まれ気味になりながらも、あーちゃんが聞いた。

「夏川さんが、自分から進んでお父さんの言いなりになってるってこと？　それってつまり、どこぞの偉いヒトの息子と政略結婚させられるってことでしょ？　それこそありえなくない？」

あーちゃんの言うことにも一理ある。それが嫌で、それを避けるために、真涼はパチレモンのプロデューサーを始めたんじゃないか。今さら父親に従うなんて、自分が今までやってきたことをぶち壊すようなものじゃないか。

そうしなきゃいけないだけの重大な理由《わけ》が、何かあるっていうのか？

それはいったい…………なんだっていうんだよ？

「そこまでは、わかんない」

きっぱりと千和は言った。

「でも、夏川が自分で決めたことなら、他人がとやかく言う必要ないよ。違う？」

俺も、ヒメも、あーちゃんも、その問いに答えることはできなかった。

……ああ。

真涼よ。

本当に、お前ってやつは。

いたらいたで、俺たちを引っかき回すくせに。

いないならいないで、やっぱり、俺たちのことかき回すんだな……。

ユニセックスファッション
特別号♥

JK読者モデル
チワワ
に5つの質問！

Q1 女装男子って、どう思う？
いーんじゃない？　好きな服着て

Q2 では男装女子は？
好きな服ならいいんだってば

Q3 男性同士の恋愛って、アリ？
好きになったらしょーがないじゃん？

Q4 じゃあ女性同士の恋愛は？
そーゆーひともいるのかなー、って

Q5 性別って、結局のところなんなんだろう？
んー、トイレのマーク？

＃パチレモンからひとこと

深く考えてナイところがむしろイイかも

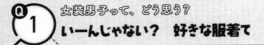

#2 幼なじみという呪いで修羅場

千和《ちわ》と晩ごはんを食べる。

それはもう、俺《おれ》にとっては日常的なことだ。

この家にまだお袋や親父《おやじ》が居た頃《ころ》からそうだった。共働きで両親が家に居ないことが多かった千和は、夜はほとんど俺の家に来ていた。お袋はよく言ったものだ。「うちはもう、ほとんど四人家族みたいなものよね！」。親父はこう言っていた。「千和ちゃんみたいな娘なら、大歓迎だとも。いつでもウチの子になっていいからね！」。

調子のいいクソ両親のことはともかくとして、事実、俺にとって千和は妹みたいなものだった。家族だったのだ。距離が近すぎて、ずっと千和の気持ちに気づかなかった。あの一年の夏合宿最終日、俺デレコンテストの翌日、千和から告白されて——はじめて気がついたのだった。

千和が、ひとりの女の子だということを。

◆

今夜の献立《こんだて》は、豚汁にトンテキにした。

豚がかぶってしまっているが、我が家では珍しくもない。お肉大好きチワワさんのためにたっぷりのお肉、そこに山盛りの千切りキャベツを添えておくのが、かつてのお袋のスタイルで、今は俺のスタイルだった。

肉は俺が焼いた。キャベツは千和が刻んだ。

高一の秋くらいから少しずつ料理をするようになった千和の手つきは、まぁ、及第点というところだった。料理の師匠であるあーちゃんに言わせれば「まだまだねっ」というところかもしれないが、俺から見れば千和が包丁を握っているというだけで感動ものだ。そういう意味じゃ、千和も変わった。そして、俺も変わった。今の俺たちを、親父とお袋が見たらなんと言うだろう。「成長したな」と褒めるだろうか。それとも「らしくない」と笑うだろうか……。

大好物がテーブルに並んでいるというのに、千和の顔は冴《さ》えなかった。二人きりで囲む食卓でも賑《にぎ》やかなのが家《うち》のいいところなのに、今夜俺たちがかわした会話と言えば「ソースとって」『これ？』『いや、赤いほう」というどこまでも所帯じみたものでしかない。

食事は無言のまま進んだ。幼なじみ二人、食卓に並ぶ肉を挟んで黙々と箸《はし》を動かした。

千和から何か話があるのは、わかっている。そして、食べながらする話ではないことも。

豚とキャベツが、皿から姿を消す頃――。

「幼なじみって、呪《のろ》いなのかな」

自分で淹れた湯呑《ゆの》みを前に、千和はそう言った。

唐突だったが、俺にはすぐにわかった。今朝《けさ》の続き、部室での会話の続きを、千和はしたがっている。それは俺も同じだった。

「真涼《ますず》が、そう言ったのか？」

番茶の湯気越しに、千和は頷《うなず》いた。

「あたしは、幼なじみという呪い。えーくんをいつまでも過去に縛りつけている呪いの権化だって。それを自覚しろって」

「あいつらしい、言い草だが……」

それは、あまりに強烈な言葉だった。

悪口毒舌罵詈雑言《あっこうどくぜつばりぞうごん》を旨とするあの銀髪のこと、もう多少のことでは驚かないと思っていた。だが、違う。確かに違う。普通の毒舌とは何かが違う、何か別の想《おも》いと意味がそこには込められているように思えた。

「かつてない大修羅場《だいしゅらば》の理由は、つまり、それか」

千和は頷いた。

「そんな風に言われて、もう、超アッタマにきた。ぜったい許せるもんかって。もう、未来《みらい》永劫《えいごう》、夏川《なつかわ》とは仲良くできないって思う。だけど……ねえ、えーくん」

その時、千和の瞳《ひとみ》に何かが揺れた。涙？　違う。それとは別のもの、今までの千和の目にはなかったものが、かすかにたゆたっている。

「えーくんは、いま、幸せ？」

「…………幸せ、だよ」

答えるまで、少し時間がかかった。だけどそれは、迷ったからじゃない。

どう言えば千和に伝わるか、わからなかったから。

「部室でも言ったけど、俺は後悔なんかしてない。医者になるっていう夢に向かって突き進んでいる。なーんにも目標がなかった中学時代より、ずっと充実しているよ。それは、千和、お前がいたからなんだぜ」

感謝してもしきれない。

千和がいたから、俺は今の俺になれた。

それなのに、当の幼なじみは小さく首を振り、

「本当に、そうなのかな？」

「……どういう、意味だよ」

「前も言ったかもだけどさ。あたしは今のえーくんも好きだけど、昔のえーくんも好きだったんだ。黒いマント羽織《はお》って、木刀背負って、指ぬきグローブはめて登校してた、中学の頃のえーくん。バーニングナントカって名乗って、見えない敵と戦ってた頃のえーくんが」

「いや、……だからさ、なんでだよ」

まったく理解できない。

あの中2病だった頃の俺も好き、だなんて。あり得ない話だ。俺にとっちゃあんなもの、忘れたい過去、まさに「黒歴史」でしかないっていうのに。

「医学部志望の学年トップ優等生より、中2病妄想《もうそう》患者の問題児劣等生のほうが魅力的だなんて、どこの誰《だれ》が言うんだよ。そんなの、お前以外いないよ」

「あと、カオルくんもじゃない？」

「カオル？」

「だってカオルくんがえーくんの親友になったのって、高校からじゃなくて中学からでしょ？　優等生になってからのえーくんじゃないよ？」

「そりゃ、そうだけどさ」

ともかく、と千和は言った。

「あたしの事故のことが、えーくんの人生を狂わせちゃったんじゃないかって。歪《ゆが》めちゃったんじゃないかって。夏川から『呪い』って言われて、そんな風に考えちゃったの。それで、今、こんなことになってるって」

「考えすぎだ！」

断言できる。あの頃《ころ》の自分に戻りたいなんて思ったことは一度もない。

ところが——周りからは、時々、そんな声が出るのだ。

カオルも、そのひとり……なのか？

「いいか千和？　そんなのは、まったくの誤解、ほんっとうに誤解だ。真涼がどういうつもりかは知らないが、俺は今の自分にも人生にも満足してるし後悔はない！　むしろ、なーんの夢もなかった俺に目標をくれたのは、お前なんだぜ」

そう言いながら、ふと思った。

今は、医者になるという目標にプラスして、もうひとつ目指すものがある。自演乙《じえんおつ》の四人で作るハーレム王という夢だ。

そう考えれば、ヒメも、あーちゃんも、そして真涼も——俺に目標をくれた存在ということになる。千和と同じで。

「ありがと」

千和はそう言って笑った。ようやく、白い歯が見られた。

だが、まだどこか力がない。

「もうひとつ、わかったことがあるの。夏川はきっと、あたしの知らないえーくんを知ってるんだって。あたしの気づかないえーくんの『何か』に気づいてるんだって。どうしようもなく、わかっちゃった。もう夏川は、えーくんにとって、そういう存在なんだね」

「それは……そうだよ」

俺は頷いた。

頷くとき、微《かす》かに千和のまぶたがひきつるのがわかった。それでも嘘《うそ》はつけなかった。

「ずっと……ずっと、あいつに振り回されてきた。偽彼氏にされて、それを解消されて。お前と俺の仲を応援するとか言い出して、かと思ったら敵に回るとか言い出して、生徒会長になるのを妨害してきて。本当、何考えてるのかわかんねえよって、ずっと思ってた。だけど、そんなあいつが、いつのまにか、俺のなかで大きな存在になっていた。あいつがいなかったら、季堂鋭太《きどうえいた》という人間の現在《いま》は成り立たない。そんな風に思うほどに……」

俺は、千和と過去を共有している。

千和だけじゃない。

かつての俺と同じ中2病患者であるヒメ、そして千和よりさらに過去の俺を知ってるあーちゃん。三人とは、過去を共有している。ある意味で、三人とは全員「幼なじみ」だ。

だが、真涼とは過去を共有していない。

真涼と共有しているのは――「現在」だ。

現在の彼女一人と、過去の幼なじみ三人。

俺の彼女と幼なじみで、自演乙はできている。

「はぁ……」

千和はため息をもらした。元気というか、魂が抜けていくようなため息だった。

「あたし、負けちゃったのかあ」

「……………」

「ずっと、ずっと、えーくんのことはあたしが一番よくわかってるって思ってた。愛衣《あい》よりも、ヒメっちよりも、カオルくんよりも、誰よりも。だけど、違った。……ああ、悔しいなあ。どうして、ずっと一緒にいたのに、どうして、夏川は気づいて、あたしは気づかなかったんだろう。こんな近くにいたのに、どうして……」

どうして、と千和は繰り返した。泣き出すほんの少し前、そんな弱々しい声で。

「千和……」

慰めの言葉を言おうとして、思いとどまった。張本人である俺に、何が言えるというのか。それこそ無責任、どの女の子にもいい顔をするだけの、典型的ハーレム主人公じゃないかと、そう思ったのだ。

だから、別のことを言った。

「千和たちが気づかなかったことを、真涼が理解してくれたことは確かだ。でも、少なくとも俺は、恋愛を『勝ち負け』なんかで捉《とら》えてない」

「ハーレム、だから？」

「それもあるけどさ、……なんていうか……」

さあ、知恵を振り絞れ。俺。

ガリ勉屁理屈《へりくつ》野郎らしく、屁理屈を捏《こ》ねて見せろ。大切な幼なじみのために。

「嫌いなんだよ、そういうの」

「きらい？」

きょとん、と千和の目が俺を捉える。

「いかにも、恋愛脳っぽくてさ。彼氏を惚《ほ》れさせたら勝ち、振られたら負け。恋愛を駆け引き、ゲームって捉えたらそうなるのかもしれないけどさ、違うだろ？　恋愛って人間同士がやるもんだろ？　親子で勝ち負けとかあるか？　友達で『どっちと仲が良いか』とか競い合うか？　そんなことしないのに、どうして恋愛には勝ち負けを作るんだよ？」

「それは、恋人っていうのは一人だけだから」

予想された答えだった。

千和が口にしたのは、世間一般の常識である。

だが、

「誰が決めたんだよ。それ」

「誰がっていうか、それがルールじゃん。てか、法律？」

「現代日本のな。よその国や、別の時代には、一夫多妻のケースなんていくらでもある」

千和は苦笑した。

「えーくんは、あくまでハーレムを目指すんだね。でも、無理だと思うよ。今だってあたしと夏川が、こんな風になっちゃってるのに。どうやって、みんなで仲良くするの？」

「……そうだな」

千和と真涼のあいだにある、大きな溝。

結局、俺のハーレム計画には、この問題が最後まで立《た》ち塞《ふさ》がるってことか。

「実はね、カオルくんに言われたんだ」

「カオル、に？」

意外な名前だった。

どうしてここで、カオルが出てくるのだろう。

「乙女《おとめ》の会みんなで仲良くすることは、えーくんの『たった一人の女の子』として選ばれることよりも、大切なことなのかって」

「………………」

「そう聞かれたら、やっぱり『うん』とは言えなくって。特に、こんな風に仲間割れしちゃった後だと、余計にさ」

いや……。

ちょっと待て。

それはおかしい。

どうして、カオルがそんなことを千和に言うんだ？

あいつは俺のハーレム計画を応援してくれていたはずだ。

本気か冗談か、「僕もハーレムに入れてよ」なんて言ったこともある。……いや、あれは「カオリ」だったのか？　わからない。

「だから、ね。えーくん。はっきり言うよ」

千和は背筋を伸ばして言った。

「あたしはやっぱり、えーくんの『たった一人の彼女』になりたい。夏川より、ヒメっちより、愛衣より、あたしのことを、あたしだけのことを、見て欲しい」

「……千和、それは」

「わかってる」

千和は首を振った。

「こんな風に言ったら、えーくんを困らせるってわかってる。そして、とってもキケンだってこともわかってる。もしかしたら、あたし一人がフラレちゃうことになるかもしれない。たった一人どころか、〝たった四人〟の中にさえ入れなくなるかもしれないって。だけど、だけど……やっぱりこれは、あたしの本心なの」

沈黙が食卓に落ちた。

豚汁の残《のこ》り香《が》。テーブルに落ちたキャベツの屑《くず》。茶碗にわずかに残った米粒。見慣れた日常風景のなかに、いつもと違う大人びた幼なじみの顔があった。

「どうして、こうなっちゃうんだろうね」

ぽつりとつぶやいた。

「あたしはただ、えーくんのそばに居られるだけで良かったのに。どうして、こんな風になっちゃうんだろうね。夢とか呪いとか、誰が一番だとか、昔は関係なかったのに。どうして……」

千和はまた「どうして」を繰り返した。

疑問は永遠にループする。

誰かを愛したり、大切に思うって気持ちは、結局、こんな輪廻《りんね》を繰り返すだけなのだろうか。

銀悪《ぎんあく》の巨人

#3 愛衣とカオ

「冬海《ふゆうみ》先輩、どうかしましたか?」

愛衣《あい》がふっと顔をあげると、五つの視線とぶつかった。

放課後、風紀委員室に詰めて仕事をしている五人の後輩たちが自分を見つめている。

「どうかした、って?」

「すごいため息出てましたよ。今」

えっ、と思わず愛衣は自分の頰《ほお》をぺたぺた触った。

「だ、大丈夫よ、出てない出てない!」

「それは、頰からため息は出ませんよ」

後輩たちが噴き出して、愛衣は赤面した。前・委員長の自分としたことが、後輩におまぬけな一面を晒《さら》してしまった。

話しかけてきた後輩――現・委員長である二年生・雪原藍菜《ゆきはらあいな》だけは笑っていなかった。

心配そうな顔で歩み寄り、愛衣が解いていた参考書に目をやった。

「あまり頑張りすぎないほうがいいんじゃないですか? 先輩なら受かりますって」

「ありがとう」

笑って礼を言いながら、愛衣は罪悪感を覚えた。今のため息は、受験の苦悩でも勉強疲れでもない。まったく別次元の悩みから出たものだと自覚していたからだ。

——このままでは、乙女《おとめ》の会は空中分解する。

ハーレムもご破算になる。

それどころか絶交・絶縁の可能性すら出てきた。

四人のうち、真涼《ますず》だけが外れて千和《ちわ》や姫香《ひめか》とだけで仲良く——という風には考えられない。

そういう「一人だけのけ者」にして成り立つ集団ではないと、愛衣は肌で感じている。真涼が離脱すれば、千和や姫香とも疎遠になっていくだろう。乙女の会は、誰《だれ》ひとり欠けても機能しないのだ。

必然、鋭太《えいた》との縁も薄れていく。

乙女の会が解散してしまうのであれば、ハーレムが叶《かな》わないのであれば、愛衣は改めて、鋭太の「たったひとりの女の子」になるべく、恋人になるべく、行動するつもりである。一度はあきらめたが、それは鋭太のためを思えばこそ。乙女の会が崩壊するのであれば、自分はひとりの女の子に戻って鋭太に尽くすのが恋の正道だろう。

同じ神通《じんずう》大学に通えば、鋭太の一番近くにいられる。そう、受かる可能性の低い千和や、専門学校に進む姫香よりも優位に立てるのだ。打算的かもしれないが、恋は戦い。そこは非情になるべきだと、愛衣は思っている。

そのためにも、勉強に集中しなければならない。すでに風紀委員を引退した身の愛衣だが、今日は委員室の一席を借りて勉強している。

どうも最近身が入らないので、それならばと雪原が勧めてくれたのだ。委員長としてビシビシやってた時の気持ちを取り戻せば、集中できるのではないかと。

――しかし。

「……はあ」

「ほら、また」

雪原が言った。今度は他の委員たちも心配そうな表情を浮かべている。

「もしかして、体調良くないんですか？」

「そういうわけじゃないんだけどね」

「今日は帰って休んだほうがいいですよ。この時期に体を壊したら大変です」

反論しようとして、愛衣は口を噤《つぐ》んだ。

「……そうね。そうしようかな」

これ以上ここで頑張っても、勉強に身が入るとは思えなかった。少し頭を冷やして、気持ちを整理する必要があるだろう。

そのためには、誰かに話を聞いてもらうのが一番だ。

風紀委員室を出た愛衣は、スマホを取り出して電話帳アプリをタップした。千和ほどではないが、愛衣の交友範囲は広い。放課後のこの時間でも学校に残っている友人には何人か心当たりがある。

しかし、こういう話ができるとなれば限られてくる。

真っ先に思いつくのは、小学校からの友人である遊井《あそい》カオル――なのだが。

「…………」

愛衣の指は画面へ触れる前に止まってしまった。

先日、カオルに浴びせられた言葉が頭をよぎったのだ。


『君たちは、鋭太の足かせでしかないってことだよ』


痛烈な言葉だった。言われた時、愛衣は我を忘れるほどの怒りを覚え、怒鳴り返してしまった。後になって冷静になると、今度は不可解さを覚えた。

なぜカオルは、あんなことを言ったのだろう？

鋭太にとってカオルが親友であるように、愛衣とカオルのあいだにも友情はある。だからショックだった。あの穏やかで人の良いカオルが、あんな言い方をするなんて。そこには、よっぽどの事情があるのではないだろうか。

（間違ってるのは、私たちのほうなの？）

そんな風にも考えてしまう。

真涼の言う通り、鋭太の考えを尊重して遅刻の理由は黙っているべきなのだろうか？

鋭太が一般入試でリベンジするのを信じて、じっと耐える。それしかないのだろうか。

――だが、わからないのだ。

何故《なぜ》話してはいけないのだろう?

秘密にしなくてはいけないのだろう?

鋭太の美学はわかる。わかる、つもりだ。人命救助のためとはいえ遅刻は遅刻、男は黙って前を向く。それは愛衣だって、カッコイイと思う。鋭太が秘密にしたいと言う以上、他者がとやかく言うべきではないと、理屈ではわかる。

だが、それでもやっぱり苦さは残る。

歯がゆさは残る。

鋭太のことが大好きだから、愛しているから、彼が悪く言われるのは我慢できないのだ。

真涼にしても、カオルにしても、鋭太を想《おも》う気持ちは同じのはず。

感情の種類や中身は異なるが、鋭太という人間が好きなのは同じ。

それなのに、何故あんなにも迷いなく、秘密にすべしと言えたのだろうか?

『だからもう、君たちに鋭太は任せておけない。これからは、僕が鋭太に寄り添う』

愛衣は取り出したスマホをバッグの奥にしまいこんだ。

ため息とともに空を見上げれば、もう一番星が瞬《またた》き始めている。校庭の草むらでは虫の鳴く声が聞こえる。ついこの前まで夏だったのに、気がつけばもう秋だ。このままあっという間に冬が来て、受験が来て、卒業してしまうのか。このまま、仲違《なかたが》いをしたままで――。

その時、しまったばかりのスマホが着信の音を鳴らした。あわてて取り出してみれば、画面に表示されていた名前は遊井カオル、まさに愛衣がかけようとして思いとどまった相手からのものだった。


『もしもし？　あーちゃん？』


受話口から聞こえてくるのは、驚くくらい普通の声だった。

この前の諍《いさか》いなどまるでなかったかのように、呑気《のんき》に微笑する彼の顔が見えるようだ。

緊張する愛衣に、彼は朗らかに呼びかけた。

『いまどこ？　良かったら今からお茶しない？　うん。いつもの『バナナンボ』でさ。スイーツでも食べながら――ね？』

◆

カオルと待ち合わせたのは、駅とは反対方向にあるショッピングモール、その中に入っているパーラーである。二人でお茶を飲む時はたいていここだ。スイーツが充実していて、特にカオルはジャンボバナナパフェがお気に入りであった。

「あーちゃん、こっち」

カオルはもう先に来ていた。奥のボックス席に陣取って手招きしている。

通路を挟んだ隣の席にいる女子中学生二人組がちらっとカオルを見て、軽く目をみはった。二人で顔を寄せ合い、きゃあきゃあと何か小声で話している。それから振り返り、愛衣のことをうらやましそうに見た。

（別に彼氏じゃないわよっ）

心の中でそうツッコミながら、愛衣はモテまくり美少年の前に座った。

「カオルといると無駄に注目を浴びちゃうわね」

「はは。いつものでいい？」

「お願いするわ」

カオルは手をあげてウェイトレスを呼んだ。

「ジャンボバナナパフェとオリジナルブレンド。それから僕は――ラズベリーソースがけバナナケーキのチョコアイス添え、アールグレイをホットで」

ウェイトレスが去った後、愛衣は尋ねた。

「バナナパフェ、頼まないの？」

「うん。今日はケーキの気分なんだ」

「でも、それは〝カオリ〟の好物じゃない」

カオルは微笑した。

「それより勉強ははかどってる？　僕とお茶してくれる余裕くらいはあるってことかな？」

露骨に話を逸《そ》らされた感があったが、愛衣としても深入りはしたくない。

「こないだの模試はぎりぎりA判定だったわ」

「へえ、さっすがあーちゃん」

「安心なんかできないわよ。本当にぎりぎりだったもの。そういうカオルは、大丈夫なの？

――っていうか、どこだっけ。志望校」

「まだ、わからないんだ」

カオルは淡々と言った。

「師走《しわす》最初の大安に三度目の〝開封の儀〟があるから。そこに書いてあると思うよ」

愛衣はため息をついた。

「そのよくわかんない儀式、いったい何回あるの？」

「全部で五回って聞いてる」

「受験する大学まで、お爺さまの遺言通りにしなきゃいけないの？　もし受かりっこない大学だったり、ぜんぜん志望と違う大学だったらどうするのよ？」

カオルは答えなかった。表情は穏やかだが、どことなく態度が硬いように感じる。

「ねえ、あーちゃん。ここには鋭太と来たこともあったよね」

「ええ。一年の夏期講習の時でしょ？」

「あの時は、あーちゃんのことを忘れている鋭太に思い出してもらうため、いろいろと協力してあげたよね。覚えてる？」

「覚えてるわよ。あの時は助かったわ。——結局、作戦は全部空振《からぶ》りに終わったけど」

注文が運ばれてきた。パフェはあいかわらずボリューミー、切ったバナナが生け花のように生クリームの山に突き刺さっている。対するケーキはお洒落《しゃれ》な感じで、お皿にはラズベリーソースでハートマークが描かれていた。

しばらく二人で黙々とフォークを動かした。カオルといるとたいていおしゃべりに花が咲くのだが、今日はいつもと違う。場違いな重い空気が、甘いスイーツの上に流れていた。

パフェのグラスが半分ほど空になった頃《ころ》——。

「ところであーちゃん、何か悩みごとでもあるのかな？」

静かにカオルは言った。すでにケーキを平らげ、紅茶のカップにゆうゆうと口をつけている。

「あいかわらず、鋭いのね」

皮肉をこめて言ってみた。

長い付き合いだからね、とカオルは笑う。

「まあ、おおよそ察しはつくよ。鋭太のことでしょう?」

「……まあね」

言い当てられたのが面白《おもしろ》くなくて、愛衣は目を逸らしてしまった。

「今まで鋭太をチヤホヤしていた連中が、急に手のひらを返したのが腹立たしい。そうなんだろう?」

「それもあるけど、ちょっと乙女の会がね。ゴタゴタしちゃって」

ふうん? とカオルは顎《あご》をひいた。目の奥が光ったようにも見える。

「いつもは楽しくドタバタしてるイメージだけど、今回は深刻なのかい? 話してよ。鋭太の親友の僕にとっても他人事じゃないんだから」

「ええ……」

愛衣は迷った。

どこまで話すべきなのだろう。

鋭太の遅刻の理由は、やはりカオルにも伏せておくべきだろう。鋭太が話していないのであれば、自分がべらべら話すわけにはいかない。

しかし、カオルの素振りからすると、すでに知ってるような風でもある。

「ねえ、カオルは知ってるの？　タッくんが遅刻した理由」

「いいや？　知らない」

あっさり首を振るカオルに、愛衣は拍子抜けした。

「なんだ、知らないの？　そのわりにはなんだか見透かしたような態度ねえ」

「理由は知らないけど、寝坊じゃないことくらいはわかるよ。この二年半、鋭太が積み重ねてきたことを知ってる人間なら、誰だってわかるはずさ」

「それは、そうよ」

「あーちゃんは知ってるみたいだね。理由」

「ええ、まあね……。聞けば、タッくんらしいって思うような理由よ。学校のみんなも見直すに違いないわ」

カオルは首を傾《かし》げた。

「その言い方だと、僕に話してくれるつもりはないのかな」

「ごめんなさい。タッくんが自分で話してくれたわけじゃないから」

「そういうあーちゃんは、誰から聞いたの？」

「千和よ」

「……ああ、そう。なるほどね」

カオルは深いため息をついた。

どこか悔しそうな、憎々しげな吐息だった。

「やっぱり、春咲《はるさき》千和か……。鋭太にとっての〝過去〟は、結局のところ、彼女に集約されてるってわけだ。より古い幼なじみである、君じゃなくて」

棘《とげ》のある言い方に、愛衣は顔をしかめた。

「まぁ、いいさ。君が話してくれないなら、僕のほうで勝手に調べるまでだよ。チワワちゃんから知れたっていうなら、ルートもある程度予測がつけられる。彼女の最近の行動を調べればいいだけだ」

「タッくんは、あまり言い触らして欲しくなさそうだったけど」

カオルは身を乗り出して、じっと愛衣を見つめた。

「あーちゃん。何を悩む必要があるんだい？　わからないなあ」

「……」

「いま、鋭太は不当な非難に晒されているんだよ？　彼のこれまでの苦闘も苦悩も知らず、ただ上《うわ》っ面《つら》しか知らない連中が、結果だけ見て叩《たた》いてる。あーちゃんは平気なのかい？　鋭太がみんなから誤解されたままで」

「平気なわけないわ！」

愛衣は激しく首を振った。

「でも、タッくんが黙っているのなら、それに従うべきだと思うの。言って欲しくない事情があるなら、言いたくない理由があるなら、タッくんの意志を尊重すべきじゃない！　違う？」

カオルは冷めた口調で言った。

「それはチワワちゃんたちも同じ意見なの？」

「千和は話すって言ったわ。でも、夏川《なつかわ》さんに止められて……それで、ケンカになっちゃったのよ」

「ふん。やっぱり、あの女が原因か」

吐き捨てるような言い方に、愛衣は内心で驚いた。

カオルは、夏川真涼のことを、こんな風に思っていたのか？

「ねえカオル。あなた、今日は少し変よ。何かあったの？」

「おかしいのは、あーちゃんのほうだろう？」

カオルの唇の片端が、嫌な感じに吊《つ》り上《あ》がった。

「鋭太のことになると猪突猛進《ちょとつもうしん》だった君が、さっきからずいぶん歯切れが悪いじゃないか。昔の君なら、一年の頃の君なら、周りがどう言おうと、乙女の会がどうなろうと、鋭太のために行動したはずだよ」

「い、今だってそうよ！」

「いいや違うね」

カオルはきっぱりと言った。

「今の君は、鋭太に嫌われたくないって気持ちのほうが強いんだ。だから理由も黙ってる。鋭太の意志に従うっていう言い訳を自分のなかに作って、鋭太が不当に貶《おとし》められているのを傍観しているんだ。ようは——自分が悪者になりたくないだけなんじゃないの?」

「違うわ!!」

愛衣は思わず立ち上がっていた。テーブルの上で空のグラスが音を立てる。周りの客や店員たちが、一斉にこちらを見る。

「タッくんのことが好きだから、黙ってるのよ! タッくんが耐えるっていうなら、一緒に耐えるのが私のやり方なの! 千和には千和の、夏川さんには夏川さんのやり方があるでしょうけど、私は私の愛をつらぬくまでよ! そのことを、誰にも否定させたりしないわ!」

そう言いつつも、愛衣はわからなくなっていた。

自分が悪者になりたくないだけ——。

カオルの言葉が、楔《くさび》のように心に打ち込まれている。

「あーちゃんは、いつも正しいね。さすが風紀委員だよ」

愛衣の熱さとは裏腹に、カオルの返答は冷たかった。

「でも、正しさだけが人を救えるって考えるなら、それは間違いだ」

「…………」

「たとえ間違っていても、悪と呼ばれるようなことでも、為《な》すべきことがあるんじゃないのかな。愛のためには」

何か企《たくら》んでいるかのようなカオルの口ぶりに、愛衣はあわてた。

「ちょっと待って。何をするつもりなの？」

「鋭太のために、為すべきことを為す。それだけだよ」

自分の代金を机に置いて、カオルは立ち上がった。さばさばとした態度だった。もう愛衣のことなんか眼中にない、そんな態度。

「冬海愛衣。君のことは友達だけど、一番大切なのはやっぱり鋭太だ」

冷たい声を降らせる幼なじみの顔を、愛衣は呆然《ぼうぜん》と見上げた。鋭太のことを大切に思う気持ちは同じはずなのに、そこにある感情は「愛」とは別のものであるように、愛衣には思えた。何かを企んでいる。そして、何か思い詰めているように感じた。まるで別人のようだ。

わからなくなる。

目の前にいるのは、いったい――〝誰〟？

「あなた、何をするつもりなの？」

別に？　とカオルは笑った。その笑みも、やはり冷たい。

「僕はもう、遠慮しない。容赦《ようしゃ》しない。それだけさ」

ユニセックスファッション
特別号♥

JK読者モデル

サマーリバー

に5つの質問！

Q1 女装男子って、どう思う？

汚いおっさんに犯されます。

Q2 では男装女子は？

オークに犯されます。

Q3 男性同士の恋愛って、アリ？

羽アリ。

Q4 じゃあ女性同士の恋愛は？

軍隊アリ。

Q5 性別って、結局のところなんなんだろう？

登別。

#パチレモンからひとこと

興味のなさだけがひしひしと伝わります。

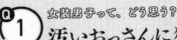

#4 真相が広まって修羅場

学校から帰宅すると、珍しく冴子《さえこ》さんが家にいた。

「おかえり。野沢菜《のざわな》のおやきを買ってきたんだけど、食べるかい？」

「もちろん」

長野《ながの》の生まれである冴子さんは野沢菜にうるさい。通販でわざわざ取り寄せるほどの拘《こだわ》りっぷりで、スーパーのものなんかは滅多《めった》に食わない。そんな冴子さんも、駅前の甘味処《かんみどころ》に時々並んでいる野沢菜のおやきだけは好物で、時々こうして買ってきてくれるのだ。

テーブルには泡だけになったグラスが置いてある。早くも一本開けているようだ。

二本目を開けながら我が叔母《おば》は言った。

「お昼にね、あたしの携帯に消防署から連絡があったんだ」

「消防署？」

「キミを表彰したいんだってさ。例の人命救助の件で、感謝状を送りたいって。あの場にいた誰《だれ》かから情報が漏《も》れたんだろうね。口に戸は立てられない、ってやつさ」

「……そっか」

「キミに聞いてからにしようと思って、答えは保留しておいた。……どうする？」

冴子さんの声は呑気《のんき》だったが、どこか慎重だった。俺《おれ》の気持ちを最大限尊重してくれている。そんなデリケートな気遣いが感じられる口調だ。

飲んべえの保護者に感謝しつつ、

「悪いけど、断っておいてよ」

「いいのかい？」

「だって、黙ってるほうがかっこいいだろ」

冴子さんはニカッと笑った。

「確かにその通りだね！　ヒーローはそうでなくっちゃ！」

冴子さんは、本当にいい人だ。

こんな風に言っただけで、俺の意志を尊重してくれる。

何故《なぜ》、あの日のことを他人に話したくないのか？　実は俺自身、はっきりと理由を自覚しているわけではない。「そのほうがかっこいいから」という気分はないでもないが、一番の理由は別のところにあるように思う。

上手《うま》く、言えないけれど……。

かつて真涼《ますず》に、黒歴史ノートを人前で朗読されたことがあった。感覚としては、あれに近い。自分の胸にだけしまっておいた妄想《もうそう》を晒《さら》されたという、身もだえする感覚。あれが一番近いと思う。他人に話せば「それとこれとは全然別でしょ？」と言われてしまいそうだけれど、英雄的行動と中2病行動、その二つは俺の中でそれほど離れていない。

まあ、ようするに。

季堂鋭太《きどうえいた》は、骨の髄《ずい》まで中2病ってことだ。

◆

翌日の朝のことである。

通学路を行く途中で、何度か不審な視線を感じた。歩いているハネ高生の視線がやたらと突き刺さるのを感じたのだ。

なんだろう?

ここのところ、冷たい視線にずっと晒されてきた俺である。だから敏感になっている。うなじや頬《ほお》で他人の視線の温度を感じ取れるようになっているのだ。ちょっとした異能者気分。スタンド名をつけるとすれば……いや、二部信者の俺氏としては、「波紋」を感じ取ったことにしようか。

今、俺が追い抜いた女子二人組から放たれた波紋は、生温かかった。今までは氷のつぶてのように冷たくて厳しいものばかりだったのに、今のは「ぬるり」とした、好奇半分、好意半分といった代物であったのだ。

どういうことだろう?

まず「好奇」っていうのがまずわからない。「推薦入試に遅刻したうつけ者」の噂《うわさ》は校内では誰もが知るところ。今さら物珍しげに俺を見つめる理由はないはずだ。

さらにわからないのは、「好意」が混じってるように感じられたこと。今の季堂鋭太に、見知らぬ女子から好意をもたれる理由は1ミクロンもないというのに。

……気のせい、か？

ドドメ色ばかりだった波紋が、今さら山吹色に染まるはずもないし。

ところが、この波紋はそれからも続いた。

昇降口で、階段で、廊下で、いちいちぶつけられる視線の数々は、昨日までとは打って変わったものだった。「ふん、あいつが！」だった軽蔑《けいべつ》が、「ふうん、あいつが？」という関心に変わっているのである。

こりゃあ、いったい、どういうことだってばよ？

首をひねりつつ教室に足を踏み入れると——俺を襲ったのは、謝罪の嵐《あらし》であった。

「季堂くん、ごめんっ‼」

そう大声を出したのは赤野《あかの》メイだった。スクールカーストの最上位グループ、その中でも中心人物である彼女が、いきなり謝ってきたのである。隣には坂上《さかがみ》弟もいる。このクラスの男女両巨頭が、俺に頭を下げている。

二人だけでは終わらなかった。次々とクラスメイトたちが押し寄せる。「ごめんな」「マジ悪かった」「すまんかった」などなど、イケてる軍団の皆々様が、将軍様の御成《おなり》よろしく一斉に頭《こうべ》を垂れてくる。

「……なんのことだ？」

ぽかんと立ち尽くした。クラスメイトのつむじをこれだけまとめて見る機会も人生でそうそうないであろう。

顔も知らない男子が歩み寄り、俺の肩を叩《たた》いた。

「カッコよすぎだろ、お前！　季堂っ！」

「はあ？」

「交通事故に遭《あ》った女の子を、助けたらしいじゃないか！　試験にはそれで遅れたんだって？」

一瞬で血の気がひいていくのを感じた。

やっぱりバレたか、という気持ちもどこかにあるが、衝撃のほうが大きい。

「話してくれたら、良かったのにぃ」

赤野の隣で、青葉《あおば》という女子が目を潤ませている。

「あたし、めっちゃ季堂くんのこと叩いちゃってたからさぁ。ほんと、恥ずかしい。何も知らないのに言いたい放題言ってごめん。マジごめん……」

すん、と青葉は鼻をすすった。

名前も知らない男子が言った。

「いやいやいや。それを話さないのが季堂センセイのセンセイたる所以《ゆえん》じゃないか。なあ、と言われても。センセイじゃないし、そもそも誰だお前。うちのクラスにいたっけ?」

赤野と坂上が相づちを打つ。

「ほんっと、尊敬するよ季堂くんっ！　一組の誇りだね！」

「医学部、一般で受け直すんだよな?　俺らマジ応援してるから！　今度こそマジのマジで！　頑張れよ！」

次々に肩やら背中やらを叩かれてるうちに、冷静になってきた。

疑問はたったひとつだけ。

「なあお前ら。それ、誰に聞いたんだ?」

「誰って……」

みんなが顔を見合わせた、その時だった。

「僕だよ」

振り向けば、カオルが立っていた。

いつもと同じ柔らかな微笑、全校女子生徒あこがれの的である爽《さわ》やかさで、さらっとそう言ったのだった。

「昨日のうちにグループチャットで回しておいたんだ。鋭太は、寝坊なんかで遅れたんじゃない。立派な、誰にもマネできないような理由で遅れたんだってね」

「……………そうか」

予想されたことではあった。たったひと晩でここまで話を広められるのは、学校一の人気者である我が親友をおいて他にいない。

しかし、

「いやあ、でも、内緒にしてたんだけどなあ」

俺は背中に汗をかいていた。

なんだこの……なんだ？

いつもと同じ微笑《ほほえ》みを浮かべているカオルに、何故、こんな威圧感を覚えるんだろう。

「なあカオル、それは誰から聞いたんだ？」

カオルは笑ったまま答えた。

「夏川《なつかわ》さんから」

「…………え？」

その返答があまりに意外で、自分の耳を疑ってしまった。

「ま、真涼から？　嘘《うそ》だろ？　ていうか、学校に来てないのに」

「そんなことよりさ」

カオルが言った。絶妙のタイミングだった。

一歩横にずれると、そこにはオールバックの男子生徒が立っていた。確か、宮下《みやした》。学校裏サイトの管理人だという彼がカオルの背中に隠れるようにしていた。

なんだか、しょぼくれている……？

あの時はニヤニヤしていたのに、今日は叱《しか》られた子供みたいな顔で俯《うつむ》いている。

「宮下くんが、鋭太に謝りたいんだってさ」

ほら、とカオルに背中を叩かれて、宮下はつんのめるように前に進み出た。振り返って、カオルを見た。カオルは微笑んだままだ。だが、宮下の顔は、怯《おび》えるように引きつっていた。

宮下は俺に向き直ると、覚悟を決めたような顔をした。

おもむろに俺の足元に膝《ひざ》をついて、文字通り、床に額《ひたい》を擦りつけるように頭を下げた。

止める暇もなく、それは行われた。

「本当にすいませんでした、季堂くん。僕は、ひどいことをしました。許してください」

消え入りそうな声だった。

一瞬何が起きたのかわからなかった。

目の前で繰り広げられているのは、土下座。

謝罪のベスト　ｏｆ　ベスツ。

土下座。

「……え、ちょ、どうしたんだよ宮下？」

坂上が半笑いの顔で言った。「何かのギャグ？　ネタ？　動画でも撮ってんの？」。そう言いながら、説明を求めるようにカオルを見た。

カオルは答えない。

ただ微笑んで、土下座する宮下の背中を見下ろしている。

「な、なんだよ？　なんで土下座？」

ようやく俺の唇が動いてくれた。

「別にそんなことしなくたって、許すも何も、」

「いいから。鋭太」

カオルは俺の肩に手を置いた。その手つきも優しかった。

「全部僕に任せてくれればいい。ぜんぶ。ね？」

「…………」

また唇を動かせなくなった。

有無を言わせない何かが、その口調と表情のなかにあった。

今や教室はしんと静まりかえり、クラスの誰もが、この異様な光景に見入っていた。

「――ところでみんな、何をぼさっとしてるんだい？」

そんな連中を、カオルはぐるっと見回した。

「坂上くんも、メイちゃんも青葉さんも、山本《やまもと》くんも、ちゃんと謝らないと」

あ、さっきの男子、サッカー部の山本くんか……。

って、今はそれどころではない。

「えっと、さっきもう、みんなで謝ったところで」

赤野が言おうとしたのを、カオルが遮《さえぎ》った。

「ふうん。謝ったの？　ちゃんと？　宮下くんみたいに？」

赤野たちの表情が凍りつく。

「謝るっていうのは、こういうことだよ。こんな風に額を擦りつけて、膝を汚さないとね？」

宮下はずっと土下座したままだ。その背中はぶるぶる、震えている。顔を上げるとカオルと目が合ってしまう、それが怖くて土下座に逃避しているようにも見えた。

「君たちが鋭太にやったことっていうのは、そのくらい罪深いことなんだからさ？　本当ならこんなことくらいじゃすませたくないんだけど、ねえ?」

「は、はは……カオルくんってば、冗談きつ……」

なおも赤野は、「日常」にすがろうとした。

いつもの、優しいカオル。「みんなのカオル」という存在に、すがろうとした。

そんな彼女に、カオルはいつもと同じ笑顔のまま、低い声で命令した。


「ハヤク、シロヨ」


がたっ、と音がした。

赤野が尻餅《しりもち》をつき、後ろの椅子《いす》を倒してしまった音だった。腰のところで折り曲げて、短くしているスカート。その校則違反の裾《すそ》から顔を出す膝小僧《ひざこぞう》が、かたかた、震えていた。

駄目だ、このままじゃ……。

「お、おいカオル、そこまでしなくてもいい!」

ようやく出てきたその声は、我ながら情けないほど掠《かす》れていた。

だが、ともかく言わなければ!

「俺が自分で黙ってたんだ! 好きで黙ってたんだから、誰も恨んじゃいない! それでこんな謝り方されたら、逆に迷惑だ! やめてくれ!」

「……季堂くん……」
赤野の目から、ぽろりと涙が落ちた。
宮下もようやく顔をあげた。その目には、やっぱり涙があった。苦しげに喘《あえ》ぐように
「季堂っ……」と、俺の名前を呼んだ。
クラスじゅうの視線が俺に集まっている。
そんな異様な雰囲気のなか――カオルは、

「えへ。やっぱり？」


ぺろっ、と。

赤い舌を唇から覗《のぞ》かせて、頭をかいた。

顔がいいから、そんな滑稽《こっけい》な仕草すら絵になってしまう。

「あはは。ちょっと過激すぎたみたいだね。や、ごめんごめん。……ほら、宮下くん。メイちゃんも。立って立って。鋭太、許してくれるってさ」

言われた二人は、あわてて立ち上がった。すぐに命令に従わなければ、恐ろしい目に遭う。そんな風に感じているようだった。

教室の空気は重いままである。カオルの変わり身の早さ、そのテンションの緩急に、誰も

ついていけてない。普段が普段だから、余計にだ。安定感の塊みたいな優等生が見せた変化球、いや、観客席まで飛び込む大暴投に、誰もが口を噤《つぐ》んでいる。

と、その時——。


「季堂。ちょっと」

その声に振り向けば、そこには眼鏡《めがね》担任が立っていた。あれ以来ずっと冷たかったまなざしに、少し温《ぬる》いものが混じっている。そう。温かいのではなく、温いのだ。俺を見直したというより、「気に入らないが見直さざるをえない」みたいなまなざし。

「季堂。校長室まで来てくれ。それから、SHRは自習とする」

クラスメイトたちが席につく音が響くなかで、カオルは言った。

「行っておいで、鋭太。きっといい話だよ」

「カオル……お前、どうして?」

「僕は鋭太にとって、良いと思うことをする。それだけさ」

「俺は、そんなこと、望んじゃいないんだ」

いつもであれば、もっと優しい言い方ができたと思う。俺のためを思って、良かれと思って、カオルはしてくれたのだから。だけど、今の俺にそんな余裕はなかった。わけもわかららないまま、異様な空間に放り出された。そんな理不尽な思いがあった。

カオルは長いまつげを伏せて言った。

「わかってるよ、ごめん」

「………」

「だけど、僕には、こんなやり方しかできないんだ」

どういう意味かと問い直す時間はなかった。扉のところで担任が俺を急《せ》かしている。

教室を出て会話もなく廊下を歩き、校長室へと足を踏み入れた。

そこでもやっぱり、待っていたのは「温い」視線であった。


「……季堂くん。君ねえ……」


黒椅子に深々と座る校長は、むふうとため息をついた。バーコードが数本貼《は》りついたハゲ頭が蛍光灯の光を照り返し、てらりと光る。「ぴっかり豆電球」というあだ名の通りだ。

「聞いたよ例の話。昨日の夜、さる筋から連絡があってね。入試当日、交通事故に遭遇して人命救助をしたと。それも見事な手際《てぎわ》で。いやあ、もう、君ねえ……」

豆電球は何度もため息をついた。

「そういうことなら、なぜ言ってくれなかったんだ。美談じゃないか。ええ？」

「……はあ」

「功績をひけらかさないのは立派だと思うがね。ただ、事は我が校の信用にかかわることなんだ。そういう事情で遅れたというのなら、神通《じんずう》大の対応だって変わるはずだよ」

「………」

何も言いたくなかった。口を開くことさえ億劫《おっくう》だった。

担任が眼鏡を冷たく光らせた。

「季堂。沈黙は金と考えてるのなら、今回は違うぞ。校長が仰《おっしゃ》ったように、我が校の信用にかかわる。お前の後に続いて神通大を受けようという生徒たちにも、影響が及《およ》ぶんだぞ。ええ？」

ひとりの後輩の顔がその時よぎった。元書記クン。現・生徒会長クン。俺に触発されて神通大の医学部を狙《ねら》ってみると言っていた彼の、その憧《あこが》れを秘めたまなざしを思い出したのだ。

「まあまあ、先生。彼は立派なことをしたんだから」

豆電球が窘《たしな》めるように言うと、担任は大きく頷《うなず》いた。

「正直、見直したぞ季堂。立派なものだ」

「………」

この杓子定規《しゃくしじょうぎ》なくらい真面目《まじめ》な担任が生徒を褒めるなんて、滅多にないことだ。だけど、まったく嬉《うれ》しくない。とても綺麗《きれい》に磨かれた石を、泥のついた手で触れてしまったような、そんな後味の悪さだけが残った。

校長が咳払《せきばら》いをした。

「実はもう、神通大にも情報が伝わっているようでね。朝一番で向こうの医学部長から連絡があった。事情はわかったから、季堂くんには一般入試で再チャレンジを期待するとのことだ」

担任が言った。

「ここだけの話だがな、お前には一般入試を受けないように言おうと思っていたんだ」

「えっ？」

「考えてもみろ。推薦入試に寝坊で遅刻した生徒なんて、向こうが採りたいと思うか？一般でもそのあたりを『考慮』されて落とされるに決まっている」

担任の言うことは筋が通っていた。

だから悔しかった。

お前が張ろうとしていた意地は、現実の前にはたわいのないゴミにすぎない——。

そんな風に言われたように思ったのだ。

「大学側が、いち受験生のためにわざわざ電話をかけてくるなんて、異例中の異例だ。だから学校としても、もう一度信じてみようということになった」

「そういうことだ。季堂くん。今度こそ、頑張ってくれたまえ」

校長のそんな励ましも、今の俺には響かなかった。

ただひとつ、気になることがある。

「どうして先生や大学は、俺が遅刻した理由を知ってるんですか？　さる筋って？」

まさか、この二人や神通大まで「カオルくんから聞きました」なんてことはないだろう。

校長は何故か得意げな顔で言った。

「君のクラスメイト、夏川くんのお父様だよ」

「真涼……の、親父《おやじ》？」

白いスーツのキザ野郎の顔が脳裏《のうり》に浮かんだ。真涼を説得してくれたら裏口入学させてやると勧誘してきたあの卑怯《ひきょう》者の、ニヤついた顔が。

「夏川氏に、我が校は大変良くしていただいていてね。そんな氏が、君のためにわざわざ電話してきてくださったのだよ。おそらく神通大学に口をきいたのも氏だろう。君はずいぶん、氏に気に入られてるようだね。あの夏川グループの総帥《そうすい》に」

校長は薄い唇の端を吊《つ》り上《あ》げた。この感じだと、俺と真涼が付き合っていたことを知ってるようだ。

「…………」

上手く頭が働かなかった。一気に押し寄せた情報が消化不良を起こし、むかむかと胸の中でわだかまってる感じ。どれだけガリ勉しても自分は賢くないと実感するのはこういう時だ。

真涼のように、パッと機転の利《き》いたことが言えない。

つまり、つまり……どういうことだ？

真涼の親父が、例の件を知っていた。

何故？

カオルと同じで、真涼から聞いたっていうのか？

いや、まさか。

ありえない。ありえない……。

あの親父であれば、警察署や消防署ともパイプがあるはず。それ関係で情報を仕入れることは可能だ。

だが、気になるのだ。

あの親父が単独で知っていたというなら、俺は疑問を抱かなかった。

だが、カオルが知っていて、さらに親父が知っていたという組み合わせが気になる。その一致、符合が気になるのだ。何故だか……。

「おい、季堂。聞いてるのか？」

「……」

「季堂？」

「……はい。一般で、頑張ります」

適当な返事を返しながら、俺は担任の顔を見てはいなかった。別の考えが頭を支配していた。

真涼が、あのことを、誰かに話すはずがない。

一切《いっさい》の油断がならない悪の帝王ではあるが、この一点においては信じられる。

「あの……先生」

「なんだ?」

「真涼……夏川さんは、登校してこないんですか? ずっと欠席しているようですけど。仕事が忙しいんでしょうか?」

担任は眼鏡をクイと上に押しやった。

「彼女はもう卒業扱いだよ」

「え?」

「出席日数はギリギリだが、成績は抜群だからな。お父様や学年主任とも話し合ったうえで、特例として許可した。彼女はもう一切登校しなくても、卒業できる。あの口ぶりでは、卒業式にも来ないだろうな」

「真涼が、本人がそう言ったんですか⁉」

担任は首を振った。

「私が直接話したのは、さっき話の出た夏川氏、彼女のお父さんとだ。校長先生が仰ったように、我が校はいろいろと良くしていただいているからな」

担任の言葉が俺の鼓膜《こまく》を上滑りしていく。真涼が卒業。その言葉の衝撃が大きすぎて、他の言葉を受け取るのを脳が拒否してるかのようだ。血の気がひいて、唇が震えるのを感じた。ここが校長室でなければ、座り込んでいたかもしれない。

真涼が、もう、学校に来ない？

「おい、季堂。どうした？　大丈夫か？」

脳が悲鳴をあげていた。今聞かされたこの事実を自分の中でどう扱えばいいのかわからない。カオルと親父が、人命救助の件を知っていた。二人にそれを話したのは真涼。そして真涼は、もう学校に来ない。これらの情報が溶け合い、混ざり合い、何か得体の知れない異物が俺の中に浮かび上がってこようとしている。

「少し、休んだほうが良いようだね」

校長が俺の顔を見つめながら言った。そんな酷《ひど》い顔をしているのだろうか。

考えがまとまらない。

いったい、俺の知らないところで、何が起きているっていうんだ……。

修羅の巨人
The world is full of hell
厨二《ちゅうに》の巨人

#5　またもや親父と修羅場

その日の夜のことである。

千和《ちわ》と一緒に夕食をすませたあと、そのまま二人で勉強していた。最近恒例になりつつある、千和との「食卓勉強会」だ。もちろん、その前に二人でしっかり食器洗いはすませている。俺《おれ》たち幼なじみには、こんな勉強会がふさわしいように思う。

最初、千和はこの勉強会への参加を渋っていた。

「えーくんの邪魔になりたくないから」なんて言って。

遠慮している、あるいは引け目に感じているのは間違いなかった。真涼《ますず》に言われた「幼なじみは呪《のろ》い」という言葉がまだ胸に刺さったままなのだ。

こんな幼なじみを放っておくわけにいかない。

「俺のことはともかくとして、お前の教師になるって夢は、叶《かな》えなきゃいけないだろ？　そのためには、勉強しなきゃな」

そんな説得プラス千和の大好物メニューで釣って、この勉強会を強行したのであった。

ところが……。

「ね、えーくんってば」

千和に呼ばれて、ようやく気がついた。

「あ、ああ、どうした千和？」

「そこ、解答欄じゃないよ？」

　ふと手元を見れば、俺がシャーペンで書き込んでいるのは、食卓の上だった。すぐ隣にノートがあり、そこには無軌道な線が引かれている。

「や、なんか、ちょっとぼーっとしてて」

　苦笑いして、消しゴムでテーブルとノートのミミズを消した。

　今夜はちっとも勉強に身が入らない。

　数学の問題集に描かれたぐにゃぐにゃの棒をただただ眺めながら、このグラフを数式で表せという要求に応《こた》えられないでいる。

　千和はため息をついた。

「やっぱり気になる？　夏川《なつかわ》のこと」

　さすが幼なじみ、理由を正確に把握していた。

　だから正直に答えた。

「ああ。気になる。真涼のこと。それから、カオルのこともな」

「カオルくん？」

　今日のクラスであったことを千和にも話した。

「そっか。結局バレちゃったんだね」

「まあ、時間の問題だったかもな」

　消防署から感謝状なんて話が来ていたくらいだ。どこかから話は確実にもれただろう。

やっぱり、隠し通すなんて無理だったのだ。

「それはともかく、夏川がカオルくんに話したっていうのは、まずありえないよね」

「ああ」

それを周りに言う言わないでビンタの応酬にまで発展した千和と真涼である。真涼が頑《かたく》なに言おうとしなかったのを、千和は身をもって知っているわけだ。

では誰《だれ》から聞いたのかということになるが、

「なあ千和。俺が人命救助したことは、アフロ先生から聞いたんだよな」

「うん……。渋ってたけど、あたしが無理やり聞き出しちゃったんだよ」

千和は申し訳なさそうな顔をした。

「千和だから、先生は話してくれたんだよ」

アフロ先生がカオルに話した、というのは考えにくい。そもそも面識がないはずだ。ひとり娘のカラオケ魔神から聞きだしたというセンも薄い。マイクを握らない限り、その口は堅いはずである。

「じゃあ、愛衣《あい》？」

「確かにカオルとは仲良いよな。でも、あーちゃんだって話すとは思えない」

「だよね。……そもそも、人命救助の件を知ってるのって、誰と誰なのかな？」

「冴子《さえこ》さんのところに、消防署から感謝状贈りたいって電話があったらしい。その場に居合わせた人の口から、どこかで俺のことを突き止めたんだろう」

「じゃあ、学校で広まってないだけで、知ってる人は知ってたんだね」

カオルの家は、羽根《はね》ノ山《やま》の「ラスボス」だという。

古くからの大地主という立場から、何か情報網を持っているのかもしれない。

「直接聞いてみなかったの？　カオルくんに」

「ああ……」

今日はあれから、カオルと話す機会は得られなかった。

クラスメイト、そして他のクラスからも、ひっきりなしに人が来ては、手のひら返ししたことを謝罪していったのだ。

戸惑う俺の隣で、カオルはずっとニコニコしていた。

クラスメイトは、俺の顔より、そんなカオルの顔色を窺《うかが》っているようだった。

そんな感じだったから、結局聞けずじまいだったのだ。

「正直言って、俺はいま、カオルのことがちょっと怖いんだ……」

「……うん。あたしも」

千和もカオルの変化、いや、豹変《ひょうへん》を感じ取っているようだ。面と向かって突き放すようなことを言われれば、無理もない。

しばらく俺たちは沈黙した。カオルについて、それ以上何も言葉が出てこなかった。たぶん、俺も千和も、カオルの悪口を言いたくなかったんだと思う。あんないいヤツを疑うなんて。そんな気持ちがあったのだ。

自然、話題は真涼のことに戻っていった。

「夏川はもう、乙女《おとめ》の会に未練ってないのかな」

「俺はそうは思わない」

本心を話すことはほとんどない真涼だが、それでも、伝わるものはある。

「一年の学園祭の前にさ、真涼が長期欠席していたことがあったの、覚えてるか？」

「うん。お父さんに転校させられそうになったけど、どうにかして説得したんだっけ」

「あの時な、真涼は、あの親父《おやじ》に土下座したんだってよ」

「土下座⁉ あの、夏川が？」

千和の声は裏返っていた。

「その時、こんな風に言ったらしい。『お父さんの言うことを聞きますから、高校三年間だけは羽根ノ山ですごさせてください』。『私から、最後の思い出を奪わないでください』って」

千和はぐっと奥歯を噛《か》みしめた。

しばらく沈黙していた。

あの親父との確執を目の当《ま》たりにしてきているだけに、信じがたいのだろう。

真涼の想《おも》いがどれほどのものなのか、思い知っているのだ。

ようやく口を開いて、ため息とともに言った。

「あたしが知らない夏川が、まだまだいるってことだね」

「ああ。たぶんあいつは、お前たちが思ってるよりずっと脆《もろ》くて、弱くて——壊れやすいイキモノなんだよ」

そっか、と小さくつぶやく声が聞こえた。

「ねえ、えーくん」

「ん？」

「あたしをビンタしてくんない？」

「はあ⁉」

いきなり何を言い出すんだこいつ。

だが、千和の目は真剣そのものである。

「どうした？　何か悪いものでも食べたのか？」

「えーくんと同じモノしか食べてないでしょ！　いーからやってよ！」

「だからなんで⁉」

「弱い自分を追い出すためだよ」

千和の思考は、どこまでも筋肉質《マッチョ》である。

「夏川が弱い、壊れやすいっていうのと同じで、あたしだってそんな強くないよ。自分と夏川を比較して、勝ったとか負けたとか、そんな風に落ち込んでる。——でもねえ、あたしはそういう弱い自分を、そのままにしておこうなんて思わないの！　弱いなら強くなる！　負けたなら次は勝つ！　そうやって生きてきたのが、あたしだもん！」

「……まぁ、そうだよな。中学の時のお前は」

「今だって変わってないよ、ホンシツは」

剣道をやっていた千和は、まさに熱血スポ根の世界に生きていた。

ケガで「道」を絶たれても、「剣」は折れていないのだ。

「だけど、やっぱり負けたら凹《へこ》むし、自分を見失っちゃうこともある。たぶん、ちょうど今がそうなんだよ」

「だから、ビンタで気合い入れろと？」

「えーくんだから頼みたいの。だめ？」

そんな風に、まっすぐ見つめられると——。

「わかったよ」

俺たちはリビングに移動して、お互いに向き合った。

こうして向かい合うと、千和は本当に小柄である。俺より頭ひとつぶん以上に小さい。

思いっきりビンタしたら飛んでいってしまいそうなほど。

だが、俺の幼なじみはそんなヤワじゃない。

「いいんだな？」

「しつこいよぇーくんっ」

すうっ、と息を吸いこんでから、良い姿勢で立つ千和の頬《ほお》にビンタを張った。

「……っ！」

思ったより大きな音がした。風船が破裂したような音。叩《たた》いた手のひらに伝わってきた痛みに、自分で驚いてしまう。

千和の頬に真《ま》っ赤《か》な手形がついている。

目をつむったままぷるぷる震えている千和は、涙目で怒鳴った。

「ありがとうございましたぁ！」

そう言いながら、反対の左の頬にも自分でビンタを張った。ばちーん、とさっきより大きな音がした。自分でやれるなら自分でやってくれよ。

「んし。これでキアイ入った！」

「お、おう……」

幼なじみの迫力に呑《の》まれてしまっている、俺。

やっぱり、千和は千和だ。

俺なんかより、ずっと強い。

「ともかく、夏川ともう一度話をしなきゃね。そのためには、行方《ゆくえ》を捜さないと」

「そうだな。俺もそれを考えてる」

「真那《まな》っちなら何か知ってるんじゃない？　てか、最近あの子なにしてんの？　部室にもしばらく来てないけど」

「カオルにフラれて以来、ずーっと学校サボッて漫画描いてるらしい」

ヒメがそう言っていた。

あの金髪豚さんは、失恋の痛手をそうやって癒《い》やすことにしたようだ。

「じゃあ、夏川のことも知らないのかな？」

「さあ、どうかな。一度聞いてみるのも手だが……」

と、その時である。

家のチャイムが鳴った。

冴子さんは鍵《かぎ》を持ってるから、違う。時刻は夜九時すぎ。こんな時間にセールスや回覧板というのも考えづらい。

となると、このパターンは、以前もあった……。

「どうやら、向こうから来てくれたみたいだな」

俺と千和は頷《うなず》き合い、二人で玄関に行った。

ドアを開けると、そこに立っていたのは案の定、その男であった。

「やあ、季堂《きどう》くん。またまたお邪魔するよ」

夏川亮爾《りょうじ》。

あいかわらず、夜目にも鮮やかな白のスーツ姿で気障《きざ》ったらしい顔を晒《さら》してくれる。

「ちょうど良いタイミングだね、えーくん」

「ああ」

俺たちは二人で並んで、二度目となる「敵」の訪問を受け入れた。

「どうぞ、上がってくださいよ。お茶も何も出ないけど。あんたには、聞きたいことが山ほどあるんだ――」

◆

前回同様、リビングのソファで向かいあった。

「今日も、彼女と一緒なんだね。君は」

真涼の親父は千和を見ながらにやにやとした笑みを浮かべた。「ずいぶんと仲良しだ」。

意味ありげにそう付け加えた。

「幼なじみですから」

堂々と答えると、「ご馳走様《ちそう》」とまた笑った。

前回の訪問は一人だったが、今日はお供の黒服を伴っている。独特の目つきの鋭さや肩幅の広さ、おそらくボディーガードも兼ねているのだろう。真那の付き人である安岡《やすおか》さんと同じポジションのようだ。

黒服はソファに座らず、親父の傍《かたわ》らに直立不動でいる。

親父が目で合図すると、黒服はポケットから白封筒を取り出した。

「なんですか、これ」

「奨学金だよ」

中から出てきたのは、一枚の小切手だった。

ドラマかなんかで見たことはあるが、実物を見るのは初めてだ。普通の高校生をやってれば、こんなものを目にする機会はほとんどない。

隣の千和が「うわ」と声をあげた。

書き込まれた額面は——三百四十九万六千八百円。

「なんですか、これ」

もう一度尋ねると、親父は笑みを浮かべたまま答えた。

「だから、奨学金だよ」

もう一度額を見返した。——なるほど、このやたら細かい額面は、神通《じんずう》大学医学部の入学金と授業料六年分ということか。

封筒にしまって、テーブルに突き返した。

「結構です。もらう理由がありません」

「まあ、そう言わずに」

「うちの学校や神通大に、あなたが手を回したそうですね」

親父はおどけたように肩をすくめた。

「さる筋から、今どき珍しい美談を耳にしたものでね。まったく君は英雄だ。おのれの将来をなげうっての人命救助。立派なものだよ。その善行に少しでも報いることができればと思った次第だ」

「そんなこと頼んじゃいない」

「――では、こう言ったほうが良いかな？」

親父の目つきが怖いものになった。

「手切れ金だよ。これは」

「手切れ金？」

「うちの娘と、金輪際、接触しないで欲しい。あれはあれで、将来のことに集中させる。君も医者になる目標に邁進《まいしん》したまえ。――そこの可愛《かわい》い彼女のためにもね」

千和がぶるっ、と肩を震わせた。怯《おび》えたのではない。怒りのためだった。

俺はあらためて親父をにらみつけた。

「やっぱり、あんたが真涼を隔離しているんだな？」

「それは違うね。確かに真涼を『匿《かくま》って』はいるが、真涼が自分で私のところに来たのだよ」

「……どういうことだ？」

親父はため息をついた。

「どうも、すんなり受け取って終わりというわけにはいかないようだね」

「当たり前だろ。なんでもカネで片付くと思ったら大間違いだ！」

親父は首を振った。理解できない、そんな顔をしている。

「まぁ、隠すようなことでもない。話してあげよう。それで君の気が済むのなら」

「気が済むかどうかは、話を聞いてからだ」

俺は姿勢を正した。

「私は、とある筋から、君が医学部の推薦入試に失敗したことを知った。それを聞いて、力になれると思った。私は神通大の学長とも、医学部長とも、君の高校の校長とも、仲が良くってねえ」

それは前にも聞いた。

「真涼にも話したら、ぜひ君の力になって欲しいと頼まれた。まぁ、大事な〝宝石〟にそう言われたら、私も否《いな》やはない。協力することにした。ただ、親子であっても『ギブアンドテイク』のルールは守られるべきだ。真涼もそれは理解してくれていた。そういうことだよ」

あいかわらず言い方が回りくどいが、俺にも状況が呑み込《こ》めた。

「つまり、『季堂鋭太《えいた》に入学のクチを利《き》いてやる代わりに、自分の道具になれ』。そういう取引を、真涼に持ちかけたんだな？」

親父が頷くと、千和が口を開いた。

「夏川が、その条件を呑んだんですか？」

「まあね」

「まさか、信じられない――」

千和は何度も首を振った。「信じらんない」。もう一度そう繰り返した。

俺は……。

半分は千和と同じ気持ちだった。信じられない。あの真涼が、あの銀髪の悪魔が、俺のために自分を犠牲にするなんてありえない。そんな気持ちだった。

だが、もう半分は――。

あの夜、真涼が言った言葉が、どうもひっかかっている。

『きっと、これが、最初で最後』

あれは、まさか、そういう意味、だったのか……？

親父の話はまだ続いた。

「だが、まあ——ことはそう簡単じゃなかった。君の高校はともかく、神通大学のほうは一枚岩じゃなかった。医学部の副部長が、遅刻した生徒にそんな便宜《べんぎ》は図れないと猛反対したそうだ。まったく、どこにでもガンコ者というのはいるものだ。ねえ？　石部金吉《いしべきんきち》くん」

俺を見ながら親父は言った。

「学部長と学長双方の説得で、ようやくその頑固者も折れたようでね。君の遅刻の理由が〝美談〟であったことで、情状酌量《じょうじょうしゃくりょう》の余地ありと納得してくれたようだ。もっとも、『合格はあくまで一般入試の結果で決める』と念は押されてしまったがね。——と、そんな苦労があったわけさ」

ふう、と親父はため息をついた。煙草《たばこ》を吸いたそうな顔をしている。

「そういうわけだから、季堂くん。勉強頑張ってくれたまえ。とにもかくにも、遅刻の件は不問で、フェアに入試を受けられるようになったのだから。私の苦労と、真涼の献身を無駄にしないように」

「……っけんなよ」

「うん？」

「ふざけるなって言ってんだよ‼」

俺はテーブルを思い切り叩いた。

「黙って聞いてりゃ、恩着せがましいにもほどがある！　誰がそんなこと頼んだよ⁉　汚い取引まで真涼に持ちかけやがって！　人の受験をおもちゃにしやがって！　あんた何様だ⁉　俺たちをもてあそぶ権利があんたにあるのか⁉　ええ⁉」

親父は落ち着いて答えた。

「権利かどうかは知らないが、私は私で、自分のできる最善をしているにすぎない」

「娘を政略結婚の道具にすることが、あんたの最善かよ⁉」

腰を浮かせた俺に、黒服が警戒する仕草を見せる。

親父が苦笑しながら言った。

「おいおい、ケンカを売ろうなんて思わないでくれよ。君が百人いたところで、私のボディーガードひとり倒せないだろう。そして、そういう男を従わせるのが、私の〝力〟だ」

「ッッ……‼」

めまいがするほどの怒りが襲った。

千和が必死に手を引いてくれなかったら、飛びかかっていたかもしれない。

親父は落ち着き払って言った。

「今はわからなくても、やがて、君も真涼も理解する。親の言うことを聞いておいたほうが良かったと、思う時が来る」

「あいにく、俺にはもう親はいないんでね」

肩で息をしながら、親父をにらみつけた。

「真涼だって、あんたのことを親とは思ってないはずだ。あいつはもう、自由だ。あんたからも、お袋さんからも自由だ。違うか？」

親父はテーブルに放置された小切手を手に取り、黒服に返した。

「そうか。そうか。よくわかった。君には君の価値観があるのだろう。自由にやってみたまえ。せいぜい後悔のないように」

腰を浮かせた親父に言う。

「待てよ。話はまだ終わってないぞ。真涼をどこにやったんだ？　もう学校には来ないって、本当なのか？」

「もう、真涼は日本にはいないよ」

千和がえっ、と声をあげた。

「校長に事情を話して、残りの授業は免除、課題提出で単位取得ということで話をつけた。さいわい真涼の成績なら問題ないということでね。いや、こちらは話のわかる人で助かったよ」

「日本にいないなら、どこにいるっていうんだよ」

「アメリカ」

あっさりと親父は言った。

「向こうの上院議員の息子さんとの縁談があってね。滅多《めった》にない良い話だから、すぐに取りまとめたいんだ。ビジネスは即断即決。そういうことだよ」

実の娘の縁談をビジネス呼ばわりする男に、再び怒りが湧《わ》いた。

「真涼が、黙って言いなりになるもんか。どうせ逃げられるに決まってる」

「さっきも言ったが、私は常に最善を尽くす」

自信ありげに言った。逃げられないように万全を期している、そういうことだろう。

玄関に向かおうとする親父をもう一度呼び止めた。

「最後に教えろ。あんたが言っていた『さる筋』って誰なんだ？　ここまで来たら秘密にすることもないだろう。白状しろよ」

親父はふっと天井《てんじょう》に目をやってから、視線を戻して言った。

「遊井《あそい》カオリ」


驚きと、そして妙な納得感があった。

カオルのここ数日の思わせぶりな態度から、おそらく、何か動いているのだろうとは思っていた。カオルが俺のために、遊井家のコネを使って、この親父を動かしたのだとしたら、おおよその説明がつく。

だが、

「カオリ、だって？」

「ああ。君の友人なんだろう？」

「俺の親友は、兄のカオルのほうだ。妹のカオリじゃない」

「どうも、込み入った事情があるらしいね。まあ、遊井家なら何があっても不思議じゃない。そういう家だから。私としては、真涼が手に入ればそれでいい」

親父は俺の肩を叩いた。

「がんばって、いい医者になってくれたまえ」

イヤミたっぷりの激励を残して帰っていった親父に、俺は何も言い返せなかった。

それどころでは、なかったのである。

「ねえ、えーくん、どういうことなの？　遊井カオリって？　カオルくんのことじゃないの？　どうして、カオルくんが夏川にそんなことするの？」

千和とまったく同じ疑問が俺の胸にもうずまいている。

カオル。

いや、カオリ？

いったい、真涼と何があったっていうんだ……。

「カオルと話をしなきゃならない。ちゃんと。二人で」

そんな風に決意を口にしながら。

——俺は、どっちのカオルと、話をしようとしているんだ？

底なし沼に足をとられているかのような想いが、頭から離れなかった。

ユニセックスファッション
特別号♥

JK読者モデル

P. U. R. I. N. に5つの質問！

Q1 女装男子って、どう思う？

王道。良い。

Q2 では男装女子は？

覇権。尊い。

Q3 男性同士の恋愛って、アリ？

あり。むしろそっちが真の愛まである。

Q4 じゃあ女性同士の恋愛は？

興奮する。

Q5 性別って、結局のところなんなんだろう？

さらに燃え上がるための燃料。

#パチレモンからひとこと

大好物なんですね

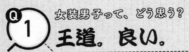

#6 親友と対峙して修羅場

「人には、それぞれの正義がある」

こんな風に言えば、反論する人は少ないだろう。

もっともらしい言葉である。

悪人が自己正当化するにはもってこいの理屈という皮肉な見方もできるだろうが、まあ、それはお互い様だろう。人間は誰《だれ》だって、たとえどんな悪人であれ、自分の正しさを主張せずにはいられない生き物だから。

しかし、こんな風に言えばどうだろう。

「ハーレムにも、正義がある」

おそらく、同意してもらえることはないだろう。

ハーレム自体がインモラルで、男性原理で作られた都合の良い妄想《もうそう》で、どうしようもなく間違っているというのに「正義」ってなんだよと。総ツッコミを受けること疑いない。まあ、わかってる。それはわかってる。だからいちいち口には出さないし、千和《ちわ》たちにだって話したことはない。

だけど、やっぱり「正義」はある。

ハーレム王なりの正義はある。

「矜持《きょうじ》」と言い換えてもいい。

ハーレムという「都合の良い夢」を実現させるにあたって、これだけは守られるべきだという矜持だ。

ひとつは、「ハーレムは、あくまで、千和真涼《ますず》ヒメあーちゃんの四名に限ること」。

これは以前、あーちゃんに釘《くぎ》を刺されている。

もし、万が一、億が一、俺《おれ》に新しく好きな女の子が出来たとしても、その子をハーレムに加えることはない。そうやって無秩序にハーレム要員を増やしていくなら、それはもうただの「浮気《うわき》」だ。そうではない、ハーレムはあくまで、かけがえのない高校時代、「その青春」を共有した四人に限る。

そしてもうひとつは、「四人の誰かを犠牲にしない」ということだ。

忘れてはならない。

そもそも、この四人の中からひとりも不幸な女の子を出さないために、俺はハーレムを目指し始めた。俺がハーレムを作ることで、四人のうちの誰かが泣かねばならないのだとしたら、もうその時点でハーレムは成立しない。

俺が作るハーレムは、「楽園」だから。

南の島に作る、常夏《とこなつ》の楽園。

具体的な言葉で言えば、そんな世界。

だからこそ、犠牲なんてあってはならないのだ。


だけど。

それなのに。


俺は、心ならずも、真涼を犠牲にしようとしている。

母親の出身校であるスウェーデンの大学に進もうとしていた真涼、パチレモンのプロデューサーとして成功を収めつつあった真涼の未来を、俺が奪ってしまった。

真涼は、俺のために、父親が持ちかけた条件を呑《の》んだ——らしい。

あの真涼が？

いまだに信じられない。

普通なら、「あいつがそんなタマかよ」「俺を足蹴《あしげ》にしてでも自分だけは生き残るやつだろ」なんて、一笑に付してしまうところだ。きっと問題にもしない。真涼の親父《おやじ》の言葉にも「ププだまされてるよコイツ！」なんて、千和と二人で笑い転げただろう。

だけど、気になる。

最後に真涼と会った日の夜の、言葉が気になる。

残していった黒歴史ノートのデータのことが気になる。
もし、本当に――。
もし本当に、真涼が、自分を犠牲にして、俺を助けてくれたのだとしたら。
もう、ハーレムもクソもない。
真涼を犠牲にして、何が楽園だ。
南の島だ。
そんなものに、なんの正義があるっていうんだ？
少なくとも、俺は、そんな自分を許せない。
真涼がいないハーレムを。
許せない。

◆

日曜の午後。
俺が「親友」と待ち合わせたのは、羽根《はね》ノ山《やま》中央公園、その西側の入り口だった。

市内でも最大規模を誇るこの公園は、ウォーキングコース、サイクリングコース、ドッグラン、様々な設備が整っている。

昨日まで降り続いていた秋雨がやみ、今日は人出が多かった。のんびりと歩く老夫婦、芝生《しばふ》でボール遊びをしている家族連れ、端っこの木陰《こかげ》ではどこかの吹奏楽部《すいそうがくぶ》と思《おぼ》しき連中が、調子っぱずれのトロンボーンを吹いていた。

芝生の一角にある時計台のベンチに腰を下ろして、スマホを取り出した。

午前十一時時五十七分。

約束の時間まであと三分というところだが、まだ親友の姿はなかった。珍しい。いつも約束の五分前には来ている、そういうやつなのに。

空を振り仰《あお》いだ。

十一月の陽射《ひざ》しは穏やかだが、どこか寒々しい。師走《しわす》の訪れを予感させる、弱々しい光だ。もうすぐ冬が来る。高校生活最後の冬。そして「最終決戦」となる冬が。

その時、足音が近づいてきた。

ゆっくり視線を地上に戻すと、見慣れた親友の笑顔がそこにあった。

「やあ。遅くなってごめんよ」

「……いや、時間ぴったりだ」

二人で並んでベンチに座った。顔を正面から見ないで済むのが、今日はありがたかった。

カオルの声ははしゃいでいた。

「鋭太《えいた》のほうから誘ってくれるなんて、嬉《うれ》しいな。いいのかい？　勉強は」

「もう午後のメニューは終わってる。そのために二時間早く起きたんだ」

「さすが」

カオルは短く言った。

「それでこそ、鋭太だよ」

しばらく俺は沈黙した。

俺が呼び出したんだから、俺から話すべきなのはわかってる。だが、どうしても口が動いてくれない。怖かった。一歩踏み出すことで、中学時代からの親友を失ってしまうんじゃないかって。開けてはいけない箱を開こうとしているんじゃないかって。

怖い――。

「………なあ、カオル」

「そろそろ聞きたいころだと思ってたよ」

ようやく踏み出した一歩を「通せんぼ」するみたいに、カオルが言った。

「こないだの教室の一件。やりすぎじゃないかって言いたいんだろう？　どうしてあんなことをしたのか、そもそもどうして僕が人命救助の件を知ってたのか、聞きたいんじゃないかって思ってたよ」

「……ああ」

「それに、夏川《なつかわ》真涼のこともね」

思わず、親友の横顔を見た。

カオルも俺を見ていた。細められた目が、しっかりと俺を捉《とら》えている。

「夏川真涼の父親と、私が、どうして繋《つな》がってるのか、聞きたいんでしょう?」

「……」

今、カオルは自分のことを「私」と呼んだ。

今日のカオルは、白のVネックセーターに、紺のカーディガン。それに色の薄いデニムという姿だった。シンプルで、かつユニセックスなコーディネイトだ。外見から区別をつけるのは難しい。

ただ――。

その細くて白い首に、細いチェーンが見える。

透き通るような肌に映えるきらきらとした銀に、見覚えがあった。

以前「カオリ」とデートした時にプレゼントした、ペンダントじゃないのか?

「………」

いや、今は置いておこう。

いま、ここで「カオルなのか、カオリなのか」を追及してもしかたない。聞いたところで答えは得られないだろう。

「まずは、どうして人命救助の件を知ってたのか、話してくれないか？　真涼から聞いたっていうのは、嘘《うそ》だよな？」

カオルは頷《うなず》いた。

「いいでしょう。でも、その前に、会ってもらいたい人がいます」

「えっ？」

親友の指差す方向を見ると、そこにはひと組の母娘《おやこ》がこちらに歩いてくるところだった。

母親は三十歳になるかならないかの若いママさん、娘のほうは、小学校低学年くらい。ふりふりと揺れる小さなツインテールに見覚えがあった。

「おーにーいーちゃーーーーーん‼」

俺の姿を見つけると、母親の手を振りほどいて駆け出した。

「ハルカちゃん！　もうケガはいいのか⁉」

「もっちろんだよ！　お兄ちゃんが助けてくれたんでしょ⁉」

弾丸のように駆けて、ずっどーん、と俺の腹に頭突きをかましてきた。うむ、この重み、この威力、もうすっかり良いようだ。

「お礼が遅れて、申し訳ございません！」

と、こちらはハルカちゃんのママである。

綺麗《きれい》にセットしたパーマを振り乱す勢いで頭を下げている。

「本当はもっと早くにお目にかかるところを、本当に申し訳ありませんでした。あの時は私も気が動転していて……。後で夫に叱《しか》られました。どうして名前だけでも聞いておかなかったんだって」

「ハルカ、後で聞いてびっくりしたんだぁ。わたしを助けてくれたのが、お兄ちゃんだったなんて！」

「いや、僕が勝手に、とっとと行っちゃっただけですから」

あの時、俺はともかく急いでいた。ハルカちゃんが意識を取り戻すより早く、彼女の母親が到着するとすぐに、病院を抜け出した。もう試験はとっくに始まっている時間で、遅刻は確定していたけれど、それでも急がずにはいられなかった。

「だけど、どうして僕のことを？　最上《もがみ》先生から聞いたんですか？」

「いいえ。先生は話してくださいませんでした。同じ事故の被害者さんたちにも聞きましたが、誰も知らなくて。救急隊員の方にも、口止めされているからと教えてもらえなくて。途方に暮れていたのですが……」

そこで母親は、親友のことを見た。

親友が口を開く。

「私が教えたんです。あなたが助けたっていう女の子の名前と住所を調べて、連絡を取りました。あなたは自分では絶対名乗り出ないだろうから、そうするしかなかったんです」

「はい。遊井《あそい》さんのおかげです」

母親はにこやかに笑った。

俺としては、ただただ、頭をかくしかない。

ハルカちゃんが心配そうな顔で言った。

「お兄ちゃん、コッカシケンはだいじょうぶだったの？」

「……ああ。ちょっと遅れちゃったけど、ちゃんと取り戻せたよ」

よかったあ、とハルカちゃんは胸を撫《な》で下ろした。これでいい。余計な罪の意識なんて背負わせたくない。それに嘘は言っていない。実際にこれから、一般入試で「取り戻す」のだから。

それからしばらく、母親の感謝の言葉をマシンガンのように浴びた。お礼の品ということで、手作りのクッキーまでいただいた。去って行く時も、ぶんぶん手を振るハルカちゃんの隣で、何度も何度も頭を下げていた。

二人が見えなくなってから、親友は言った。

「ごめんなさい。余計なことをしたって、思ってますよね？」

「……いや、いいさ」

大きくため息を吐き出した。

「だけど、お前はどうやって知ったんだ？　あーちゃんから聞いたんじゃないよな？」

「ええ。聞いたけど教えてくれませんでした。さすがはあーちゃん。融通が利《き》かないというか、物堅いというか……」

カオルかカオリかはわからないが、あーちゃんと幼なじみなのは同じのようだ。

「だから、私は自分で調べたんです。私の家には、いろいろとコネがありますから。羽根ノ山の商工会、市議会、教育委員会、その他もろもろ。遊井家が手を尽くせば、おおかたのことは調べが付きます。まあ、この街限定ですが」

「……らしいな」

真涼の親父が言っていた「裏ボス」の意味を、実感している。

話を続けよう。

「このあいだ、俺の家に真涼の親父が来て言ったんだ。遊井カオリと取引をしたって。真涼が父親の言いなりになるように仕向けたのは、お前なのか？」

「ええ」

親友は頷いた。

「夏川真涼。かつてあなたを脅迫して、無理やり〝彼氏〟にした女。モテすぎて困っていた彼女が、告白の防波堤とするために、つまり自分の都合だけで、恋愛アンチだったあなたを利用した。そのくせ、後になって本当にあなたのことが好きになってしまって、しかも、未《いま》だにそれを認めようとしない」

「…………」

ずらずらと、真涼の悪口が並べ立てられた。

いや、ほとんどが事実そのままだとは思うけれども。

「偽彼氏の件は、真那《まな》から聞いたんだな？」

「ええ、まあ」

その声は素っ気なかった。真那のことには触れたくない、そんな感じ。

「そういうわけなので、私は夏川真涼を罰しようと思いました。そのために、夏川亮爾《りょうじ》を利用したのです。彼の振る舞いはビジネスの世界でも広く知れ渡っています。実の娘を手懐《てなず》けようと躍起になっている彼ならば、私の策にのってくるだろうって」

「そして思惑通り、見事にのっかってくれたわけだな。あの強欲親父は」

中性的な美貌《びぼう》に薄い笑みが浮かぶ。

「大人って、馬鹿《ばか》みたいですね。お金だの、成功だの、そんなもののために振り回されているんだから。誰が決めたわけでもない勝利条件《ルール》を不動のものだと思い込んでいる」

「そういうお前の勝利条件《ルール》は、なんだ？」

喉《のど》の渇きを覚えながら、俺は問うた。

ここからが本番である。

「父親を使って、真涼をこの街から追い出して俺から引き離した。次は乙女《おとめ》の会を崩壊させて、千和たち三人を俺から引き離すのか？」

「ええ。そうなったら、喜ばしいと思っています」

「その後は、どうする」

親友の表情を観察する。

そこには何の感情も浮かんではいない。

「ひとりぼっちになった俺を、お前が手に入れるのか？」

ざあっ、と芝生が音を立てる。

ひときわ強い風が公園を吹き渡り、親友の長いまつげを揺らした。その下の瞳《ひとみ》は、なんだかとても悲しげに見えた。

「今さら僕が報われるなんて、……報われよう、なんて思っちゃいないよ」

口調が元に戻っていた。

「僕はただ――ズルをしたやつが許せない。夏川真涼が許せない。そして、君を不幸にする女どもが許せない。ただ、それだけなんだ」

「話してくれ、カオル！」

叫ぶみたいな声になった。

「お前が抱えてるもん全部、俺に話してくれよ！　悩みでもいい不満でもいい、お前が何に苦しんでるのか、話してくれ！　このままじゃ何がなんだかわかんねえよ！　なあ、カオル！」

親友はきっぱりと首を振った。

「話したところで、どうにもならないよ」

「そんなのわかんねえじゃねえか！」

親友はもう一度首を振ると、まなざしを鋭くした。

「それなら、ひとつ教えてよ。どうして鋭太は、夏川真涼にこだわるんだい？　彼女は鋭太を脅迫していたんだろう？　恋愛アンチである君を脅して、無理やり彼氏にしていたんだろう？　そんな女のことを、なぜ？」

「確かにあいつは傲慢《ごうまん》で、冷酷で、ひどいやつだ。本当にどうしようもない女だと思う。あいつの悪口ならいくらでも言える。だけど……」

いったん言葉を切って続けた。

「あいつは、俺のこと、わかってくれたんだ」

「わかってくれた？」

「そう。わかってくれたんだよ。誰もわからなかった、俺だけの、誰にも理解されない独りよがりな夢を、わかってくれたんだ。俺の本当の願いを、あいつだけは理解してくれたんだ！」

「――そんなはず、ないだろ」

親友の声が低くなった。

「君の一番の理解者は、僕だ。親友であるこの僕だ。あの四人のなかの誰でもない、この僕が、君のことを一番よく理解している。中学の頃《ころ》からずっと。そうだろう？」

「そうだ、お前は俺の親友だ」

そう答えることに、なんの迷いも躊躇《ためら》いもない。

ただ――。

「真涼は俺の強敵だ。共犯者だ。だからこそ、わかるものもある。卑怯《ひきょう》で冷酷でずるいやつだからこそ、見えるものもある。俺は、それに救われたんだ……」

「理解できないな！」

カオルが怒鳴った。

長い付き合いで、初めて聞く怒声だった。

「あんな嘘つき女が、君のことを理解しているっていうのか？　この僕よりも？　ふざけるなよありえない!!」

「カオル……」

「わかってるよ！　わかってる。僕は、自分が選ばれないことくらい、十分にわかってるんだ！　すべてをあきらめて、君のそばにいたんだ！　本当の自分を殺し続けて『理解者』に徹してたんだ！　その僕よりも——あの女が⁉　そんなことあっていいはずがないっ‼」

周囲の空気はしんとしていた。

いつのまにか、俺たちの周りからは人影が消えていた。老夫婦も家族連れも、吹奏楽部も、みんないなくなっていた。

肩を上下させるカオルの荒々しい吐息だけが聞こえている。

「私は、ずっと、ルールを守っていたのに」

か細い声が漏《も》れた。

「本当の自分を殺して、ただ、言いつけ通りに、ルールを守ってた。いいこに、してた。なのに、こんな目にあうの？　ルールを守らないずるい子のほうが、得をするの？　どうして……？」

沈黙が続いた。

何か言おうとしても、言葉が喉のところで引っかかってしまう。なんて無力なんだ、俺は。親友がこんなに苦しんでいるのに、慰めの言葉ひとつ思い浮かばない。ただ、その細い肩が震えるのを見ていることしかできない。

やがて——。

しんとした空気のなかに、こつこつという足音が生まれた。

近づいてくる。

「探したわ。タッくん。カオル」

振り向けば、そこにいたのは私服姿のあーちゃんだった。

カオルは一度大きく首を振ると冷たい声を出した。

「何しにきたんだよ、あーちゃん」

「あなたともう一度話をしたいと思って。メールしても電話しても無視されたから、行きそうなところを探し回ってたのよ」

「だから、なんのために？」

あーちゃんは俺のことを見た。

「私、間違ってたわ。タッくん」

「何を？」

「今まで、カオルのことを秘密にしてた。カオルの事情をあなたに話さなかった。それが友情だと思ってたから。……でも、違った。この前、話した時に気づいたの。まさか、カオルがこんなにタッくんのことを考えて、思い詰めていたなんて」

そこで再び、カオルのことを見る。

「もっと早くに相談すれば良かった。タッくんに、カオルのことを話しておけば良かったって。そしたらこんなにこじれず済んだのに」

「なんだよ、今さら」

カオルは冷たく突き放した。

「誰がそんなことを頼んだんだよ。話したところで、何がどう変わったっていうんだ？何も変わらないさ。今も、鋭太にそう言ったところだ」

カオルが言うと、あーちゃんはつらそうにうつむいた。

「もういい。話すことはない。もう何も。僕の話は以上だよ。僕は何も望んでない。何も欲しがってない。それだけはわかっておいて。鋭太」

「待てよ、カオル！」

背を向けた親友に手を伸ばしかけて、俺は動きを止めた。続く言葉が出てこなかった。引き止めて、それで？　なんて言えばいいんだ？　カオルに対する言葉を俺は持っていない。カオルのことが何もわからないから。そして、カオルからは、話すことを拒絶されている。

「さよなら」

遠くなっていく背中を、俺も、あーちゃんも、ただ見つめるしかできなかった。

さよなら。

それは、別れの言葉ではなく。

拒絶の言葉だった。

高校生活のフィナーレを間近に控えて、ずっとそばにいてくれた親友と行き着く先が、そんな言葉ひとつだなんて。

違う。

違う、はずだ。

違う……。

だけど、俺にはそれを否定する言葉がない。

それが、悔しくて。

悲しかった。

暴愛《ぼうあい》の巨人

#7 カオルの過去は修羅場

二人で公園を出て、しばらく無言で歩いた。

いつもにぎやかで明るいあーちゃんが、今日はやけに静かだった。じっと、自分の厚底スニーカーのつま先を見つめている。この前見たのとまた違う靴だ。パチレモンのモデルということで、様々な品が送られてくるのだという。「人使いが荒いわねえ、夏川《なつかわ》プロデューサー」『自分の服着るヒマがないんですけどっ」なんて、笑っていた。

あのことわざウェイトレスが待ち構える昔ながらの喫茶店《きっさてん》ではなく、ショッピングモール内にある洒落《しゃれ》たパーラーに入った。

「タッくん、ここ覚えてる？」

「ああ、もちろん」

一年生の夏期講習の時、カオルと三人で入った店だ。スイーツが豊富で、でっかいパフェが売り物の店。あーちゃんとカオルは山盛りのバナナパフェを平らげていたっけ。

「あの時はタッくんと一緒に花火大会に行きたくて、カオルに協力してもらったのよね」

「ああ、そうだったな」

あーちゃんはまつげを伏せた。

「——今にして思えば、とても残酷なことをしたんだわ。知らなかったとはいえ、とても罪深いことを」

「……」

何が、と、今は聞くまい。

順番に、すべてを話してもらうために、ここに来たのだ。

奥のボックス席に座った。

隣の女子中学生二人組が、ちらっとこっちを見たが、すぐにおしゃべりに戻っていった。

「実はここ、つい最近もカオルと来たのよ」

「二人とも常連っぽかったもんな。やっぱり、二人でバナナパフェか？」

「私はね。でも、カオルはバナナケーキだったわ。それは、カオリの好物なのに」

「……どういう意味だ？」

ウェイトレスが注文を聞きに来た。俺《おれ》はコーラ、あーちゃんはブレンド。スイーツに舌鼓《したづつみ》を打つ気分じゃないのは、同じだった。

コーヒーの湯気とコーラの泡を挟んで、あーちゃんを見つめる。

「話して欲しい。カオルの秘密を」

「秘密っていうか……」

あーちゃんは視線をさまよわせた。

「実を言うと、カオルから口止めされてるわけじゃないのよ。ただ、軽々しく他人に話すのはNGな話題だと思ったから自重《じちょう》してたの。あと、私自身もそこまで事情に詳しいわけじゃないっていうのもあるわね」

「わかるよ」

あーちゃんの生真面目《きまじめ》さ、潔癖さからすれば、当然のことだろう。

「それでも、話してくれる気になったんだな？」

「うん……」

あーちゃんは、はあっ、と大きなため息をついた。

「だって、今のままじゃどうしようもないもの。私ひとりで解決できる問題じゃない。カオルは私にとって幼なじみで、友達だから、今のままじゃいけないって思う。――ねえ、タックん。あなたにとっても、カオルは友達よね？」

「もちろん。唯一の親友だ」

ハネ高に進んで以来、結局、友達はひとりもできなかった。四人の美少女とのハーレムを形成する俺に、好んで近づこうとするやつなんて誰《だれ》もいない。かろうじて、最カラゆオケがカラオケに誘ってくることもあるが、あれは歌えれば誰でもいいのでノーカンだ。

孤独なハーレム王を気取る、元中2病患者の俺にとって。

カオルが。

カオルだけが。

唯一の理解者《オアシス》だった。

「それは、何を聞いても揺らがない？」

「揺らがない」

あーちゃんはうん、と大きく頷《うなず》いた。

「カオルの心はね、女の子なのよ」


事実を聞いてしまえば、ただそれだけだった。

だが、その言葉の下にある海は広く、深い。

「それは、肉体的には男性だけど、精神的には女性って意味でいいのか？」

「私もあまり詳しくなくて、本の受け売りだけれど、『ＬＧＢＴ』って言葉があるでしょ？」

「ああ」

ＬＧＢＴは性的マイノリティの総称とされている。Ｌはレズビアン、Ｇはゲイ、Ｂは両《バイ》性愛者《セクシュアル》、そしてＴは「トランスジェンダー」という、身体の性と心の性が一致しない人のことを指すらしい。

カオルは、最後のトランスジェンダーに分類される――ということになるのだろうか？

「分類や定義なんか、どうでもいい」

つい理屈で考えてしまう自分を、頭を振って追い出した。

「ともかく、カオルの心は女の子で、そのことで、いろいろ悩みを抱えてたってことなんだな？」

　あーちゃんは頷いた。

「小二の時だったわ。教室で金魚を飼ってたのよ」

「金魚？」

「あの頃《ころ》、学校で流行《はや》ってたのよね。クラスの誰かが持ってきたのか、先生が持ってきたのか、もう忘れちゃったけど、教室の後ろに水槽を置いて、三、四匹飼ってたの。私とカオルが『いきもの係』で、水を替えたりエサをやったり。私はおそうじ係をやりたかったから不満だったけど、カオルは喜んでやってたわ。『金魚って、可愛《かわい》いよね』って。ピンクの尾っぽや背びれの、ひらひらしたのが、とても可愛いって。私はむしろ、そんな風に感じるカオルのほうを可愛い、って思ったのを覚えてる」

　確かに、その感性は、可愛らしい。

　あーちゃんも女の子らしい女の子だが、カオルはそれ以上に、女の子の感性を持っていたということなんだろうか。

「あの頃、よく言ってたわ。『あーちゃんはいいなあ、スカートがはけて』って。『あーちゃんはとても女の子らしいよね。うらやましいなあ。スカートのおかげなのかなあ』って。あんまり言うもんだから、一度貸してあげたの。体育の着替えの時、あいつのズボンと交換してさ」

カオルとあーちゃんが幼なじみである理由が、この時ようやくわかった気がする。

あーちゃんは、誰が見ても女の子らしい。いわゆる「女子力」が高い。「女の子らしさ」に憧《あこが》れていたカオルが、あーちゃんと仲良くなるのは、いわば必然だったわけだ。

「スカートをはいたカオルは、そりゃもう、クラスのどの女子よりも可愛くって。女子はみんなきゃーきゃー言って騒いでた。いつもうるさい男子も、ぼけっとして見とれるくらい。他のクラスからもたくさん見に来て、すごい騒ぎになっちゃったわ」

「カオルなら、そうだろうな」

今でもスカートをはけばそうなるだろう。学校のほとんどの女子よりも、綺麗《きれい》で可愛い女の子に見えるはずだ。

「みんなに褒められて、カオルも嬉《うれ》しそうだった。珍しくはしゃいじゃってさ。何度も何度も、くるくる、回るの。そしたら、スカートがふわっとひろがって、それが金魚のヒレみたいに見えた。カオルが可愛がっていた、ピンクの金魚に」

教室で踊りはしゃぐカオルの姿、のびのび泳ぎ回る金魚の姿を、俺は思い浮かべた。いつも穏やかで控えめな親友とはまた別の顔、幼い日のカオルを思い浮かべた。

「でもね、その日の夜――」

小さなため息がテーブルに落ちた。

「カオルの家から、うちに電話がかかってきたの。カオルのおじいさんだったわ。ものすごい剣幕でね。私がスカートを貸したことを怒ってた。まだお母さんが生きてた頃よ。何度も何度も電話口で頭を下げてるお母さんを見て、どうしてそんなに怒るんだろうって、不思議だったのを覚えてる。電話が切れた後、お母さんは私を叱《しか》らなかった。ただ、ため息をついて言ってたわ。『遊井《あそい》くんのおうちは、難しいのよ』って」

「俺も最近知ったんだが、カオルんちって羽根《はね》ノ山《やま》の大地主なんだろ。この街じゃすごい権力者なんだって？」

「まあね。でも、そこじゃないのよ厄介《やっかい》なのは」

あーちゃんはまたため息をついた。

「問題は遊井家のしきたり——古い古い昔から続いてる理不尽なルールに、カオルが従わなきゃいけないってところ」

「ルール？　家訓とか掟《おきて》みたいな？」

「迷信っていったほうが近いんじゃないかしら。たとえばね、席替えってあるでしょ？　先生が決めるとか、くじ引きで決めるとか、まぁいろいろだと思うけど、カオルの場合は前日におじいさんが占いで決めるの」

「……なんだ、そりゃ。パチレモンの占いコーナーじゃあるまいし」

「あんな可愛いものじゃないわよ。前にタッくんにも話したでしょ？　お香焚《た》いたり御札貼《は》ったり亀の甲羅焼いたり、けっこう本格的な儀式をするの。そうやっておじいさんが決めた『運気の強い席』に、カオルは座ることになるの。先生も学校も言いなりよ」

「……そう、だったのか……」

さすがにそれは、常軌《じょうき》を逸《いっ》している。

「だけどさ、俺、カオルとは中学からの付き合いだけど、そんな話聞いたことなかったぞ？　席替えだって、普通にしてたし」

「それは、おじいさんがもうその頃からは寝たきりになっちゃったからね。でも、病床からいろいろ指示は出してたみたいよ。心当たりない？」

「そういえば……」

学校の大きな行事に、カオルはちょくちょく不参加だった。プールや体育の授業も休みがちだった。理由もなんとなく聞けない雰囲気で。「ちょっと事情があって」みたいに濁していた。

「そういう家だから、当然、カオルの『女の子になりたい気持ち』なんて、理解されないわけよ。直接聞いたわけじゃないけどさ」

あーちゃんは悲しそうな顔で首を振った。

「その電話があった翌日の朝のことよ。金魚の水槽がなくなってたの」

「教室の、金魚が？」

「そう。うちのクラスだけじゃなくて、他の教室からも全部」

「………」

「『勉強と直接関係のないものだから』『職員会議で決まった』って、先生は言ってた。カオルは何も言わなかったわ。ただ、私にだけ、こんな風に言ってた。『金魚って、自由じゃないんだね』『水槽から、出られないもんね』って」

しばらく沈黙が続いた。

「LGBTって、普通の家庭でも難しい問題らしいもんな」

「そうね」

自分の「性」についての問題は、時々テレビやネットなどでも目にする。職場や学校でカミングアウトすることについての議論や、政治家が「同性愛者は非生産的」といった発言をして問題になったニュースも……ああ、そういえば、生徒会室でカオルがその話題を振ってきたことがあったっけ……。

「思い返してみると、いろいろ信号は出してくれてたんだな」

鈍い俺は、そんなことにはまったく気づかなくて。

……無二の親友が、すぐ近くで、苦しんでいたのに……。

「しょうがないわよ。カオルだって、タッくんにはっきり言うことはできなかったんだろうし」

そんな風に、あーちゃんは慰めを口にした。

おそらく、それは事実なのだろう。

「だけど、それと『カオリ』の存在は、どう繋《つな》がってくるんだ？　遊井カオリは実在するんだよな？」

あーちゃんは頷いた。

「カオルの双子の妹が、カオリよ。私も数えるほどしか会ったことないけど、容姿はカオルとほとんど同じ」

「東京《とうきょう》の全寮制の学校に、通ってるんだよな？」

「そうよ。羽根ノ山にあるフィフネル女子中学の姉妹《しまい》校。タッくん、よく知ってるわね？」

「ああ。実は……」

一年の夏休みに、俺は「カオリ」とデートしている。

そのデート中、電車の中であーちゃんの弟・勇樹《ゆうき》くんと出くわしているのだが、彼はカオリのことを知ってる口ぶりであった。それなのに、「カオル」のことは知らないようだった。

今にして思えば、奇妙な矛盾である。

「そう。勇樹とそんなことがあったのね」

「あの時、俺とデートした相手は、その東京にいるカオリで間違いないのか？」

あーちゃんは静かに首を振った。

「それはきっと、カオルよ。カオリの格好をして、カオリとして振る舞っている、カオル本人」

俺は汗をかいた手をズボンの腿《もも》で拭《ふ》いた。

「まさか、カオルは二重人格なのか？」

あーちゃんは首を振った。

「たぶん、違う。カオリを演じてるだけ。ただ、カオリの格好をしている時は、完全になりきっているのは確かね。食べ物の好みも何もかも、全部『カオリ』になっちゃうのよ」

「いつから？」

「その金魚の件があってからよ。私、やっぱりスカートを貸した責任を感じちゃって。カオルに謝ったの。そしたら、カオルが言ったのよ。『もう、学校ではくのはやめる』『そのかわり、あーちゃんの家で、はかせてくれない？』って。カオルは、『カオリ』のふりをして家に遊びに来るようになったわ。私の服を着て、よく写真を撮ってた。だから、勇樹が知っているのは『カオリ』だけで、カオルのことは知らないの。……まぁ、念のため、うちの家族の前ではスカート姿とかは自重してたけどね」

「ずいぶん、手の込んだことをしていたんだな」

あーちゃんは真剣な顔で言った。

「それはつまり、それだけカオルが、普段は抑圧されてたからだって思わない？」

「……ああ。そう思う」

その事実を踏まえると、あのカオルの「爽《さわ》やかな笑顔」が急に悲しく思えてきた。改めて思う。

なんて、強いやつなんだ。

優しいやつなんだ。

自分の悲しみを押し殺して、誰かのために笑えるやつなんだ。あいつは。

「ただ」

と、あーちゃんは言った。仕切り直すような声色《こわいろ》だった。

「私が知ってるカオルは、男の子に恋をするっていうことはなかった。女の子らしい感性を持った、男の子。ヒメちゃんとかに言わせれば『男の娘』っていうのかしら？　私としてはそういう認識だったのよ。だから気づかなかった。まさか、カオルが、タッくんのことを『女の子として』好きだなんて」

喉《のど》の渇きを覚えて、唾《つば》を飲み込んだ。目の前のコーラはもう空《から》になっている。

「カオルには、小学生の頃から彼女がいたって聞いたけど」

「おじいさんに言われて、いろいろやってたみたいよ。男の子らしくするために。でも、私が知る限り長続きはしなかったわ」

「そんなことまで、口出ししてくるのか……」

呆《あき》れたじいさんだ。孫の色恋沙汰《ざた》にまで口を挟むなんて、聞いたことがない。故人の悪口を言いたくはないが、カオルはずいぶんつらい思いをしたんじゃないのか。

「まあ、そのおじいさんばかり責められないわよね。私だって、ずいぶん無神経なことばかりしてきたから」

「それを言うなら、俺だって同罪だ。もっと早く気づいていたら、カオルをここまで追い詰めなくてすんだかもしれない」

あーちゃんはまじまじと俺を見つめた。

「タックんは、この話を聞いても、カオルへの態度を変えないのね？」

「？　当たり前だろ？」

今の話に、カオルを見損なう要素があったとは思えない。むしろ見直す要素しかなかった。

あーちゃんは声をひそめた。

「もしかしたら、こういう言い方自体が差別的かもしれないけど、いわゆる『同性愛』になるのよ。簡単に受け入れるって、言えることじゃないと思うんだけど」

「……そうだな」

今も部屋に貼ってある、高校入学当時に決めた「三つの誓い」を思い出す。
①勉強第一！
②恋愛不要、ラブるな危険！
③ホモに間違われないよう気をつけよう！

ホモとか。同性愛とか。ＬＧＢＴとか。男の娘とか。

あるいは中2病。ぼっち。陽《よう》キャ。陰《いん》キャ。本物。偽物《にせもの》。

「……いちいち、名前をつけるんじゃねえよ……」

「えっ？」

「心に名前をつけるな。俺が前にそう言ったの、覚えてるか？」

あーちゃんは少し思い出すような顔つきになった。

「夏川さんと生徒会長選挙を争ったとき、候補者同士の討論《とうろん》会。その時、タックんが夏川さんに言った言葉よね？」

「そう。俺はもう、自分や他人の心に、そういう名前をつけたくないんだ。同性愛だろうとＬＧＢＴだろうと、そんなのただの名前。カオルは、カオルだよ。大切なんだ。恋じゃなくても。愛じゃなくても」

あーちゃんの表情が少し明るくなった。

「わかってるわ。だから、ハーレムを目指してるんだものね」

「ああ。俺はそれを曲げるつもりはない」

きっぱりと言った。

あるいは、カオルにとって残酷かもしれない事実を告げた。

「俺はあいつの恋人にはなれない。でも、大切な人間なんだ。だから、あいつの苦しみを、ほんの少しでも救ってやれたらと思う」

あーちゃんはしばらく無言で、俺の顔を見つめていた。

やがて、小さく「うん」とひとつ頷いた。

「私も同じよ。カオルだろうとカオリだろうと、私の友達。あいつと話してると、なんか楽しいし。昔からの付き合いだから」

「じゃあ、決まりだな」

「どうするの？」

「決まってるさ。もう一度話をする」

それしかない。

じっくり話し合う。お互いが納得いくまでとことん話し合う。

馬鹿《ばか》みたいに単純な結論だけど、人間同士なんて、結局、それしかないんだ。

「急いだほうがいいかもね。あいつ、思い詰めているから。結構何しでかすかわからないし」

「それと、真涼《ますず》の居所も探らなきゃいけない」

「夏川さん？」

怪訝《けげん》な顔をするあーちゃんに、俺は夏川亮爾《りょうじ》とのやり取りを話した。

「……カオルが、そんなことまでしてたなんて……」

「ああ。だけど、そのおかげで一石二鳥のアイディアを思いついた」

真涼の行方《ゆくえ》を捜して、さらにカオルを救う。

そのために、あいつに動いてもらう。

ユニセックスファッション
特別号♥

JK読者モデル

アイ

に5つの質問！

Q1 女装男子って、どう思う？

すね毛の処理まで徹底して欲しいかな。

Q2 では男装女子は？

胸やお尻のラインを隠しつつ
凜々しいスタイルって難しいのよね。

Q3 男性同士の恋愛って、アリ？

無条件にはなかなか。

Q4 じゃあ女性同士の恋愛は？

一時の熱情で行動せず、よく考えて。

Q5 性別って、結局のところなんなんだろう？

縛られすぎても
自由すぎてもよくないもの。

#パチレモンからひとこと

けっこーガチめの回答でお姉さんびっくり

#8　蔵は修羅場

「セックス。ふふふふふふふ。セックス！」

蔵。

蔵がある家。

わが羽根《はね》ノ山《やま》市は、昔から稲作農業で栄えた地域である。駅前は開発の手が入って真新しいビルが立ち並んでいるが、少し歩けばその正体を現し、のどかな田んぼや畑が顔を見せる。そんなアンバランスな町である。

駅から南に三キロ、俺《おれ》の家から徒歩十五分くらいのところにも、やっぱり広大な田園地帯がある。十一月のこの時期、もう稲刈りは終わって野っ原同然、近所の子供たちの遊び場となるのが風物詩である。

そんな丸坊主の田んぼの合間にある大きな屋敷。

その家には、蔵があった。

「セックス！　ここはもう、セックスするしかないでしょ、セックス！」

……いや、「別にセックスしないと出られない蔵」とかでなくて。

普通の蔵なのですが。

IN!!

蔵がある家というのは、たいていが古いお金持ちである。「蔵が建つ」というのは大金持ちになることの例えであるが、いくら金持ってても、二十一世紀のいま家を建てようという人が「よし、うちの庭に蔵さ作るべ！」とはならないであろう。俺や千和《ちわ》の家がある一帯は新興住宅地で、そんな家はひとつもない。

だが、この屋敷には蔵があった。

マイスイーテスト・ハニーこと、秋篠姫香《あきしのひめか》の祖父母宅である。

老舗《しにせ》旅館「あきしの」を経営する父方の祖母とは別に、母方は古い農家らしい。もう高齢のため農業は引退し、跡継ぎもいないため、田んぼや畑は組合に委託している状況で、屋敷の離れに建つ立派な蔵はずっと放置されていた。

それを作業場として借り受けたのが、同人サークル「金色《こんじき》の暗黒天使団」というわけだ。

これまではカフェで作業していたのが、漫画作業で長時間居座るのもアレがソレということで、この蔵を「新たなるクリエイティブの震源地（豚さん談）」として選択したのであった。

で、その蔵に響き渡っている声が、さっきからうるさいこれ。

「セックスセックスセックス！　二十四ページ中、二十四回セックス！　セックス！」

日曜の真っ昼間から、セックス。

ちなみに叫んでいるのは処女（推定）である。

夏川真那《なつかわまな》さん。

つい先日お誕生日を迎えられ、十七歳になられたそうで。

発言内容はR18だと思うのですが。

「だけど、そんなに濡《ぬ》れ場《ば》ばかり入れられる？　運営から何か言われるかも」

と、大天使ヒメが苦言を呈するも、

「駄目よヒメ、日和《ひよ》っちゃ駄目！　うちら零細サークルがのしあがっていくには、他と同じことしてちゃ駄目！　もっとブレーキぶっ壊していかないと！　ゆえにセックス‼」

「なななな、なっ、な〜っ、な〜っ」

「そうよリス子！　運営側のボーギャクな規制になんて屈してはならないわ！　アタシたちはあくまで、あっくっまっでっ！　表現のフリーを追求するの！　だからセックス‼」

とのことで、性交（男同士）への意志は揺るぎないものらしい。

休日となれば、ヒメと真那、そしてリス子の三人はこの蔵にこもり、同人誌制作に勤《いそ》しんでいる。中身はすっかり普通の部屋に改装され、エアコンや水道も完備。やたら高い天井《てんじょう》を見上げない限りは、蔵の中だなんてわからない。

次回作に向けて白熱した創作議論が続くのを、俺はただ、ぼけっと眺めている。

真涼《ますず》の居場所について、真那に話を聞くためにやって来たわけだけれど。

……いたたまれない……。

三人と離れた場所に座って、とりあえず議論が落ち着くのを待った。

小一時間ほどが過ぎて、ようやくその時が訪れた。ずっと立ちっぱなしで演説していた真那が座り、テーブルの冷めた湯呑《ゆの》みをまずそうにすすって、俺のことをギロリと見た。

「で、キモオタ。今日はなんの用事よ？」

「あー、まあ、お前に聞きたいことがあってだな」

「さっさとしなさいよ。見ての通りウチら忙しいんですけどっ！」

豚のしっぽもといツインテールをフンッ、と跳ね上げる。失恋のショックからは立ち直ったように見えるが、ここまで創作に燃えているのは、まだ立ち直っていないその反動からという見方もできる。

俺は咳払《せきばら》いをして尋ねた。

「真涼がここしばらく行方《ゆくえ》知れずなんだ。聞いた話じゃ、あの親父《おやじ》に連れ去られてもうアメリカにいるって話だ」

「それ、本当？」

そう尋ねたのはヒメだった。この話をするのは、ヒメには初めてだ。

「わからない。あの親父のことだからブラフかましてるだけかもしれない。いずれにせよ、真涼が自由に動けない状況にあるのは確かだ。もし自由だったら、専属モデルのお前に連絡くらい入れるはずだもんな」

ヒメはぎこちなく頷《うなず》いた。

いっぽう、真那は憎たらしくフン、と顎《あご》をしゃくった。

「知ってるわよそのハナシなら。ほんと、バカよねー。あれだけ色々やっといて、最後は結局パパの言いなりになっちゃうんだもん。情けなっ。リュートーダビ、だっけ？ まったく、スズも口だけの女だったってワケね！」

と、あいかわらず腹違いの姉に容赦《ようしゃ》がない。

「おかげでパパは超キゲンいいわよ。今朝《けさ》なんて猫撫《ねこな》で声《ごえ》で『真那、何か困っていることはないかい？』なんて声かけてくるんだもん。びっくりしちゃったわよ。このヒト、アタシの名前覚えてたんだーって」

実の父娘《おやこ》であるはずだが、その仲は極《きわ》めてドライのようだ。

「真涼を屈服させて、勝利の美酒に酔ってるってことか」

「それだけじゃないみたいだけどね。うちのママが言うには、ずーっと停滞してた羽根ノ山市リゾート計画がようやく前進しそうなんだってさ」

「このクソド田舎《いなか》に、リゾートねえ……」

とても人が来るとは思えないが、なんだかひっかかるものがあった。

「夏川　羽根ノ山市　リゾート」

スマホの音声入力で検索してみると、それらしきニュースがヒットした。羽根ノ山ローカルの新聞社が運営しているニュースサイトで扱っている小さな記事だ。「夏川グループ傘下の不動産会社シルバーウイングスは、香羽《こうば》商事と提携し、大鳥山《おおとりやま》付近にリゾート施設を建設予定であることを発表した」。香羽商事という名前は初耳である。生まれも育ちも羽根ノ山の俺が知らないということは、大きな会社ではないのだろうか。

なんとなく気になってググってみると、香羽商事のホームページがヒットした。

企業概要を見ると、代表取締役は「遊井香太郎《あそいこうたろう》」とある。

「遊井って、珍しい名字だよな。少なくともこの羽根ノ山じゃ」

「肯定」

生粋《きっすい》の地元民・ヒメも頷いた。そうだろう。これを偶然と片付けるのは難しい。おそらく、香太郎というのはカオルの父親か親族だ。遊井家が経営する企業と、夏川グループが手を組んだ。その橋渡しをしたのは、カオルということか。公園で本人が語っていた通りに。

リス子が「な～っ?」と鳴いた。話が読めません、という顔をしてる。早く漫画の世界に戻りたいというように、貧乏ゆすりをしている。

そして真那は、誰《だれ》からも視線を逸《そ》らし、ぶすっとした顔で蔵の壁を見つめていた。遊井の名前が出て、不機嫌になったのだ。この豚野郎にしてみれば、触れられたくない部分だろう。つい先日、失恋した相手である。創作に打ち込むことで逃避していたというのに、気分が良いはずもない。

「なあ、真那。真涼の居所について、お前の親父に探りを入れてみてくれないか？」

「は？　なんでアタシが」

「お前以外に頼める相手がいないんだよ」

「イヤよ、バッカらしい。なんでアタシがスズを助けなきゃいけないのよ。セーリャクケッコンでもなんでもすればいいじゃない。知ったこっちゃねーンですけどォ？」

予想通りの答えである。いや、まったくごもっとも。仲最悪の姉のために、父親の不興を買わねばならない理由など、真那にはないだろう。

しかし、ここは動いてもらわねばならない。

「真涼のためじゃねえよ。お前のためだよ」

「はァ〜？　アタシのためェ〜？」

いちいち語尾を伸ばす豚野郎を説得する。

「もし真涼を助けることができたら、アイツに貸しを作れるぞ。またとないチャンスだと思わないか？　あの傲岸不遜傍若無人《ごうがんふそんぼうじゃくぶじん》女が、お前に泣いて感謝するところ、想像してみろよ」

真那の細い眉《まゆ》がぴくりと動いた。興味をそそられたようだ。だが、あいかわらず眉間《みけん》にはシワがよっている。そんな甘い言葉にはだまされないと、三本のシワがむにむに動いている。

ならば、これだ。

「お前、このままでいいのかよ。カオルのこと」

「……」

豚の眉がぎゅぎゅっ、と吊《つ》り上《あ》がる。

「このまま逃げて、忘れちまうのか？　なかったことにするのか？　こんな、よくわかんないフラレ方をしたままでいいのか？」

豚は小さくため息をつき、肩をすくめた。

嵐《あらし》が来る前、ほんのひととき、静かな瞬間があるように。

穏やかな表情で俺を見つめて、それから魂の咆哮《ほうこう》を吐き出した。


「だからフラレてないって言ってるでしょうがあああああああああああああああああコンボケぇぇぇぇぇぇぇぇぇぇぇぇぇぇぇぇぇぇぇぇぇぇぇぇぇぇぇぇぇぇぇぇぇ‼セェエエエエエエエエエエエエエエエエエエエッッッッッッッッッックス‼」

最後に余計なひとことが加わってはいるが、ともかく、気迫は伝わった。

「いいわ！　そこまで言うならマウスのカーに乗ってあげようじゃない」

「……お、おう」

金髪なのにエセ英語。勢いあまってよくわからないノリになっている。

「ママや安岡《やすおか》を通じて、それとなく探ってみるわよスズの居所。でも、本当にアメリカにいたらどうするのよ？　連れ戻しに行くワケ？」

「そのつもりだ」

前もって考えてきたわけじゃなかったが、その言葉はするっと俺の口から出ていた。

「このまま真涼とお別れなんて、冗談じゃない。こんな一方的に恩に着せるようなことされて、黙っていられるかよ。俺にだって千和にだって、言いたいことは山ほどあるんだ」

「わたしもある!!」

ヒメが常にない大声で言った。

「会長と約束した。パチレモン専属のモデルになること。それは、会長がプロデュースしてくれるから。他のひとがやるなら、わたしは協力しない！」

その口調にもまなざしにも、迷いはない。ヒメはヒメで、真涼に自らの進路を託しているのである。あるいは俺以上に、真涼の不在で影響を被《こうむ》る立ち位置にいる。何よりヒメ自身、真涼のことが好きなのだろう。そう思いたい。

「ヒメはともかく、アンタ受験生でしょ？　勉強は？」

「飛行機のなかでも勉強はできる」

自演乙《じえんおつ》のてんやわんやに巻き込まれながらも、三年間勉強時間だけはしっかり確保してきた俺だ。時と場所を選ばずにガリ勉するのはお手の物だ。

「旅費は？　滞在費やエアチケット、庶民にはけっこーお高《た》けーんじゃないの？」

「みかん編集長に経費で立て替えてもらう。真涼を連れ戻したら、真涼に支払ってもらう」

助けに行く相手の財布をアテにするというのも妙な話だが、俺と真涼は勇者とお姫様じゃない。持ちつ持たれつギブアンドテイク。このほうが俺たちらしい。

豚さんはまだ納得していないように首を振る。

「百歩譲ってよ？　スズの居所がアメリカのどこかだってわかって、そこに会いに行けたとしてよ？　スズがハイわかりましたって戻ってくる保証はないんじゃないの？　キョーハクされたかなんだか知らないけど、納得づくでパパに従ったワケでしょ？」

確かに言う通りだ。

距離の問題や親父のことなんかより、それが一番の難関かもしれない。

しかし、

「それはもう、会ってから考える」

豚だけでなく、リスも「ええ……？」みたいな顔をした。

しかし、隣ではおヒメ様がウンウン頷いておられて。

「わたしたちらしいやり方。まずは挑戦、出たとこ勝負が、乙女《おとめ》の作法」

「ただの行き当たりばったりじゃないの」

常識的にはおそらく、真那の評価のほうが正しいのだろう。

だが、今さら常識なんてものに従う必要を認めない。

ルールに従う必要を認めない。

ハーレム王を宣言したときからもう、俺は常識《ルール》の外に生きている。ルールに守られずに生きている。

ならば、好きにするまでよ。

「あーあ、ヒメまでアンタの妙なノリにのせられて、熱血しちゃってるし。鼻の穴ぷっくりじゃん」

真那はタッチペンの尻《しり》で親友の鼻をつついた。やめろ。俺のヒメのご尊顔に何をする。

「ま、いいわ。このままパパの思い通りにコトが運ぶってのも気に入らないし。……でも、そんかわり、カオルのことで何かわかったことがあったら、アタシにも教えなさいよね！」

「わかった」

真那は真那で、カオルへの片思いに決着をつけるつもりなのかもしれない。

俺も覚悟を決めなくてはならないようだ。

偏勉《がりべん》の巨人

#9 囚われの真涼

つまらない部屋だった。

真涼《ますず》があてがわれた部屋には、陽射《ひざ》しが差し込まない。いくつかある窓はすべて封鎖されている。昼間なのに煌々《こうこう》と光るシャンデリアが、クイーンサイズのベッドや豪華なドレッサーを照らし出している。壁も家具もすべて光沢のある白で統一されている。上品さを装っているのだろうが、病室のように殺風景にも思える。テーブルに花を飾るくらいしても良いだろうに。


——いかにも、あの男が用意した部屋という感じね。


さしずめ、座敷牢《ざしきろう》といったところか。

真涼は現在、父・夏川亮爾《なつかわりょうじ》のもとで軟禁状態にある。

外出は禁じられ、この部屋から出ることすら許されない。食事は一日三度、強面《こわもて》の大男が運んでくる。ネットなんて以《もっ》ての外《ほか》。スマホもPCも取り上げられてしまっている。完全に外界から隔絶されているのだった。

こうなったのには、理由《わけ》がある。

神通《じんずう》大学の医学部長にパイプを持つ父親の力を借りて、真涼は便宜《べんぎ》をはかってもらった。季堂鋭太《きどうえいた》が、一般入試をちゃんとまともに受けられるよう、取りはからってくれるよう依頼したのだ。

自分から持ちかけたわけではない。

父親のほうから、脅迫のような形で話を振ってきたのだ。

『季堂くんの推薦入試の件、聞いたよ。遅刻だって？　残念だったねえ』

『ぜひ一般入試でがんばってもらいたいところだが、難しいかもしれないねえ。大事な推薦に遅刻するような生徒は、大学側にも心証が良くないだろうからねえ』

『果たして、一般でも受かるかどうかねえ？』

『ハネ高の校長とも私は仲が良いんだが、ずいぶんおかんむりのようでねえ』

『学校側が、季堂くんに一般で受けさせないようにするかも――ねえ？』


まさか、とは思った。

ハネ高側にそんな権利があるのだろうか。いや、権利がなくても、受験をあきらめるように勧告はするかもしれない。「来年受験する後輩たちに迷惑がかかるから」という論法を用いられた場合、お人好《ひとよ》しのガリ勉野郎は、精神的に揺さぶられるだろう。

それより真涼が重視したのは、「一般でも受かるかどうか」という部分であった。

大人とはメンツを気にする生き物だ。地位が高ければ高いほど、その傾向にある――というのは、真涼がビジネスの世界に足を踏み入れて痛感したことだ。大出版社の重役だの、アパレル業界の大物だの、不動産王だの。金勘定や利得に聡《さと》いはずの彼らは、時に非合理な判断をくだす。メンツやプライドにこだわり、理屈に合わない行動を他者に強《し》いることがある。

それでいけば、エリートの代名詞たる医者なんて、プライドの塊であろう。

その医者を養成する医学部の学長らとて、同類に違いない。

彼らはこう考えるのではないか？「栄《は》えあるわが医学部の推薦入試をすっぽかすなど、けしからん。そんな生徒は来なくて結構！」。ただでさえ合格ギリギリのラインにいる鋭太にとって、このうえないハンデとなるのではないか。

それだけの計算を、真涼は瞬時に行った。

『つまり、鋭太に便宜をはかってやるから、俺《おれ》の言うことを聞けと。そう脅迫しているというわけね？　お父さん』

『脅迫？　まさか。我が宝石に対して、そんなこと――』

笑いながら言いかけて、亮爾はふっと口を噤《つぐ》んだ。

それから、怖い目をして言った。

『いや――その通りだよ真涼。私は君を脅迫している。彼を不幸な目に遭《あ》わせたくなかったら、私の言うことを聞いてアメリカに渡るんだ』

この返事を聞いて、真涼は確信した。父は本気だと。恥も外聞も捨てて、力づくで、娘を従わせようとしている。彼は焦《あせ》っているのだ。三月のパチレモンイベントで打ち負かされて以来、なりふり構わずに真涼をねじ伏せようとしている。

真涼は、この「脅迫」を受け入れた。

合理的な判断の結果……では、ない。

自分が感情的になってしまったという自覚が、真涼にはあった。

いや、感情的というよりも、これは――。

「自暴自棄《やけ》になっているのね、私は」

囚《とら》われた鳥籠《とりかご》の中に、真涼はひとつため息を落とした。

自分は、この夏川真涼は、腹を立てているのだ。

誰《だれ》に？

決まっている。

「……春咲《はるさき》、千和《ちわ》……」

その響きすら、今の真涼には苦い。
千和のことを、真涼は「本物」だと認めていた。
憧《あこが》れていた、と言っても過言ではないかもしれない。
その正直さを。
その根性を。
その春の陽射しのように、明るくすっきりとした心性を。
そして、季堂鋭太をまっすぐに想《おも》う、その恋心を——。
真涼はずっと、ずっと、眩《まぶ》しく思ってきたのだ。
コンプレックスすら、自覚していたのだ。

そんな千和が、鋭太の一番大切なものに、気づいていなかった。
鋭太の中にある「本当の心」に、気づいていなかった。
それは、千和が鈍感だから、鋭太のことを大切に思ってないから——ではない。
むしろ、逆だ。

「春咲千和が、強いから」

「鋭太のことをほんとうに、強く、強く想っているからこそ、気づけなかったのよ」

鋭太が医者になるという夢は、千和と共有されたものである。

千和のケガを治せる医者になる。

すでに千和が完治している以上、それは一種の「目標」であり、「例え」である。千和のケガを治せる「ような」医者になる。理屈で考えれば、今から鋭太が医者になったところで、あの事故がなかったことになるわけではない。過去を悔やむより、未来に目を向ける。それが春咲千和という少女であり、強さであり、明るさなのだ。

だけど――。

誰も彼もが、彼女のように、強いわけじゃない。

未来にだけ、目を向けられるわけじゃない。

過去を悔やみ、できることならやり直したい。そんな風に思う者だっているのだ。

「つまり、結局のところ……」

春咲千和は「本物」ではなかったということか?

——いや、違う。

彼女は本物だ。

真涼が、唯一認めた「本物」だ。

人生すべてが偽物《にせもの》であり、演技であった自分とは正反対の少女。徹頭徹尾《てっとうてつび》、本音で生きている。本気で生きている。

鋭太との絆《きずな》も本物だ。

幼なじみ。

小学校一年の時からずっと一緒だった積み重ねが、そのまま二人の絆の確かさだ。まだ鋭太と出会って二年と半年、しかも秘密を握って脅迫し偽彼氏にしたという自分とは比べ物にならないくらい、本物であるはずだ。

今でも覚えている。

鋭太の自宅へ黒歴史ノートを返しにいった時のこと。

唇を重ね合う二つの影を、カーテンごしに目撃した時のこと。


「……痛ッ……」

こめかみが痛くなる。

目の奥が、じわりと熱くなる。

庭に立ち尽くしていた自分。顔からすうっと血の気が引いて、指先まで冷たくなるその感覚。

あの日あの時、どんより曇った空の色、庭の芝生《しばふ》の匂《にお》いまで、脳にこびりついている。

二人の絆、二人の愛を、真涼は覚えている。

刻まれている。古傷のように。


春咲千和は、紛《まぎ》れもなく本物である。

千和と鋭太の絆は、疑いもなく、本物である。


「では、――つまり、こういうこと？」

春咲千和は、本物だから。
本物、だからこそ、間違えた。
い、い、い、い、い、い、
鋭太の本当を、理解することができなかった。
そんな、皮肉なる逆説が、存在するなんて……。

「ふう……」

もう一度ため息をついて、真涼は自分の考えを整理した。

私は失望している。

春咲千和に。

幼なじみという存在に。

そして「恋愛」という行為そのものに。

あらためて、幻滅をしている。

やはり、この世界に「愛」なんてものはないのか？

幻にすぎないのか？

もしかしたら——。

この世界の恋愛すべて。

いや、「人を想う」という行為のすべては「片想《かたおも》い」にすぎないのではないか？

その時、ノックの音がした。

どうぞ、と真涼が答えるとドアが開き、そこには黒服に身を包んだいかつい大男が立っていて、タブレット端末を差し出してきた。

「何かしら？」

「ご学友から、ネット通話です」

真涼は眉《まゆ》をひそめて、男の顔を見上げた。

「誰？」

男は首を振り、端末を押しつけて退室した。

奇妙な端末だった。通話アプリ以外は何もインストールされていない。万が一にもネットで助けを呼べないよう、父が手配したのだろう。

その通話アプリが、着信音を鳴らした。


『やあ、夏川さん』


画面に映し出されたのは、爽《さわ》やかな笑顔の美男子。

遊井《あそい》カオル、その人だった。

『しばらくぶりだね。元気だったかい？』

「そう見える？」

冷ややかな皮肉を投げつけると、カオルは肩をすくめた。

『どうやらご機嫌ななめのようだね。日を改めようか？』

「いえ。私もあなたに聞きたいことがあったのよ」

『へえ。何かな？』

「父に入れ知恵したのは、あなたね？　遊井くん」

カオルは愉快そうに言った。

『何故《なぜ》そう思うんだい？』

「父に軟禁されている私が、今こうしてあなたとは話せているという状況が、何よりの証拠でしょう」

カオルはにやりと笑った。邪悪な笑み。学校や、鋭太の前では決して見せない笑みだった。

『君は本当に賢いね。その通りだよ。僕が君のお父さんに策を授《さず》けた。こんな風にすれば、きっとお嬢さんに言うことを聞かせられますよってね』

「……」

『僕が予測した通りだった。君は鋭太のために、父親の元へ自ら出向いた。彼の道具にされるとわかっていて、自ら犠牲になったんだ』

真涼は沈黙を守った。表情を動かさず、瞬《まばた》きひとつしなかった。

その無反応を見て、カオルはわずかに眉を動かした。

『君は、鋭太のことが好きなんだろう？　まずはそれを認めなよ』

「…………」

『彼のために、望まない政略結婚を呑《の》もうとしているんだろう？　普通の『好き』じゃこんなことはできないさ。春咲千和や秋篠姫香《あきしのひめか》、冬海愛衣《ふゆうみあい》と同じくらい――いや、あるいはそれ以上に、君は鋭太のことを愛してる。まずはそれを認めたらどうだい？』

真涼は首を振った。

「あなた、以前私にこう言ったわね。『君には罰を受けてもらう』って。そのくだらない問いかけに答えることが、あなたの罰ということかしら？」

学校一の人気者は、唇を微妙な角度に吊《つ》り上《あ》げた。

「そうだね。その通りさ。まず君に、鋭太を愛してることを認めさせる。そのうえで、その愛を引き裂く。これ以上ない罰だ。そうだろう？　なにしろ君は、鋭太のために他の男と結ばれようとしているんだからね。フッ、アハハッ、気分はどうだい？　教えてよ、ねえ？」

真涼は冷たい視線をカオルの顔に射込んだ。

「遊井くん。あなたは私と似てるわね」

ぽかん、とカオルは口を開けた。

やがてその表情に、じわじわと怒りが広がっていった。

『何を言ってるんだ、君は』

「似ているわ。私と」

「君みたいな嘘《うそ》つきと似てるだなんて、そんなことあるはずがないだろ。僕はいつだってルールを守ってきたんだから」

真涼はまた首を振った。

「違うわね」

「ああ？　何が」

「あなたはルールを守っていたんじゃない。ルールを守る自分を、演じてきたのよ。私と同じ」

「違うッッ！」

がくん、と画面が揺れた。

真涼が動かしたのではない。向こうのカメラが揺れたのだ。

「いいえ、違わないわ。現にいま、本性を現している。本当の自分を明かして、私たちに牙《きば》を剝《む》いているわ、それ自体が、あなたが偽物の自分を演じているという何よりの証拠でしょう？」

「黙れッッッ！」

また画面が揺れた。

「僕は、僕はお前のような嘘つきじゃない!!　正体を隠していたのは、あくまでルールに従ってのことだ！　『みんな』を傷つけないようにするためだよ！　お前のように自分の都合で嘘をついて、世界を欺《あざむ》いてきた女と一緒にするなっっ！」

真涼は小さく息を吸いこみ、目を血走らせる彼を見つめた。

「そんなこと、誰が頼んだの？」

「ああ⁉」

「あなたの家が特殊だということは知ってる。厳しいルールを強制されたのかもしれない。本当の自分として振る舞うなんて言語道断だったのかもしれない。――でもね、結局、それらに従うと決めたのは、あなた自身でしょう？　私のように家に反旗を翻《ひるがえ》して、戦うという道だってあったじゃないの」

「は、お前のマネをしろっていうのか？　馬鹿馬鹿《ばかばか》しい。遊井と夏川じゃまるで違うんだよ」

「そうね。家のことは確かに別だけれど――鋭太は？」

その名前に、カオルの瞼《まぶた》が痙攣《けいれん》した。

「鋭太が、あなたに頼んだの？　偽物の自分を演じろと頼んだのかしら？　そんなはずないわよね？　あなたが勇気を出して、鋭太にすべてを打ち明けていれば良かったんじゃないの？　私はそうしたわよ。脅迫という形ではあったけれど、鋭太を偽《いつわ》ったわけじゃない。私が恋愛を憎んでいることをハッキリと打ち明けたうえで、彼に協力を強いたのよ。なぜ、あなたはそうしなかったの？　なぜ、彼に『共犯者』であることを求めなかったの？」

カオルは答えない。

瞼をぴくぴくさせたまま、真涼をにらみつけている。

「当ててあげましょうか？」

「………………」

「あなたは怖かったんでしょう？ 本当のことを打ち明けて、鋭太から距離を置かれてしまうんじゃないかと、怖かった。親友という関係まで崩れてしまうんじゃないかって、怖かったのよね？ 本当のことを言えなかった。その勇気がなかった。そうでしょう？」

本当のことは、いつだって、人を傷つける。

だから、怖い。

嘘で塗り固めて、覆《おお》い隠さなくてはならない。

「………………ふ」

長い沈黙の後、カオルは呟いた。

その口元は歪《ゆが》み、笑ってるようにも、怒っているようにも見えた。

やがて、嘲笑《あざわら》うかのような声が聞こえてきた。

「恐怖か。僕はもう、そんなもの、とっくに超越してる」

「どういう意味？」

「僕が、報われたくて、こんなことをやってると思うのかい？」

カオルの表情に浮かぶ「悪」を真涼は見た。

それは冷酷な悪魔の悪——ではなく。

いわば、背徳の堕天使《だてんし》の「悪」だった。

「僕は今さら鋭太に好かれようなんて、思っちゃいないよ。僕はね、ズルをしたお前に罰を与えて、鋭太を苦しめる三人を排除できれば、それでいいんだ。つまり、憎しみさ。僕にはもう憎しみしかない。お前たちを引き裂くまで終わることはない」

「哀《かな》しい復讐《ふくしゅう》ね」

冷たく真涼は言った。

「そうだよ。復讐だよ」

カオルはまた嘲笑った。自らをも斬《き》りつける笑みだった。

「次は、誰にしようかなあ。春咲千和？　冬海愛衣？　いや、やっぱり、あの子にしようか。鋭太に女の子として好かれている、あの子にしよう。……ほんと、許せないよ。Y染色体を持ってないっていうだけのことで、鋭太を……鋭太を……」

真涼は息を呑んだ。

「あなた、秋篠さんに何を」

「さて、話は終わりだ」

唐突に態度を変えて、カオルは言った。

「もう会うこともないだろうね。婚約おめでとう夏川さん。ゆくゆくは大統領夫人《ファーストレディ》かな？

僕らとは別の世界で、華やかに生きていってください」

通話が打ち切られ、画面が暗くなった。

タブレットに映る自分の顔を見つめながら、真涼は唇をかんだ。

「くだらないわ、本当に……」

遊井カオルはあきらかに精神の均衡《きんこう》を失っている。

もう長くはない。

その心は、もうじき焼き切れるだろう。

あんなに穏やかだった彼が。

いつも微笑《ほほえ》んでいた彼が。

周りに人が絶えず集まり、みんなに好かれていた彼が。

鋭太への想い、叶《かな》わぬ恋、それに身を焦《こ》がしたばかりに、変わり果てた姿に……。


「……くだらない……」

真涼は繰り返しつぶやいた。

くだらない。

くだらない。

あまりにも、くだらない。
異性愛だろうと。同性愛だろうと。
マジョリティだろうと。マイノリティだろうと。
この世の、恋だとか。愛だとか。

そのすべてが。

く　だ　ら　な　い　！

光闇《こうあん》の巨人

＃１０　修羅場の予感に滾る魂

十一月、最後の土曜日。

二学期も終わりに近づいたとなれば、まるまる授業がある日というのも少なくなってきた。土曜であればなおさらだ。二限で終わった。こんな日は解放感いっぱいで、教室にはこれからどこに遊びに行くかのおしゃべりで満ち満ちていたものだが、そんな空気は今日の三年一組には微塵《みじん》もない。みんな、心なしか声を潜め、勉強を教え合ったり、入試や予備校の情報を交換し合ったりしている。

緊張感。

ひとことで言い表せばそんな空気。

もっとも――。

一組の場合は少し事情が違うかもしれない。

このクラスの中心人物である遊井《あそい》カオルが先日見せた、異質な顔。

あの騒動が未《いま》だに尾をひいている。

学校裏サイトの管理人だった宮下《みやした》は、あれ以来ずっと学校を休んでいる。

赤野《あかの》メイは、人が変わったように口数が減った。あれだけ騒がしかった一組のムードメーカーが、今は友人の青葉《あおば》と二人、ひっそりと肩を寄せ合うようにして自習している。坂上《さかがみ》弟も同じで、いつもの明るさも発揮せず、ひとり黙々と勉強していた。

カオル本人も、今日は欠席だった。理由はわからない。カオルが欠席すれば女子は必ず心配したり噂《うわさ》したりと喧《やかま》しいものだが、今日は静かだ。主《あるじ》のいない机と椅子《いす》の周りには、誰《だれ》も近づかない。教室にぽっかり穴が開いている。

そして真涼《ますず》も、もちろん欠席。

この一組の男女二巨頭が不在とあって、教室はなんだか寂《さび》しい。ゴーストタウンっていうのは、こういう雰囲気なんだろうか。そんなイメージが頭をよぎる。輝かしいタレントたちが姿を消し、光と熱を失った教室は、住人がいなくなったがらんどうの街だ。机、椅子、黒板。俺《おれ》を含めたその他大勢の生徒たち。それらがそのまま残されてるのが、逆に悲しい。

——と。

いかんいかん、そんな感傷に浸《ひた》ってる場合じゃない。

俺は鞄《かばん》を持って席を立ち、ゴーストタウンを飛び出した。

俺が居るべき場所、居場所はここじゃない。

愛すべき仲間たちが待つホームへ行こう、いや、「帰ろう」。


「遅いよっ、えーくん！」

部室に入るなり、千和《ちわ》の声が出迎えてきた。

目の前にはカツサンド焼きそばパンコロッケパンクリームパンあんパン食パンカレーパン

頭脳パン……頭脳パン⁉　懐《なつ》けーなオイ、まだ売ってたんかい。とまあ、イレギュラーが紛《まぎ》れ込《こ》みつつもいつもの風景だ。この頭脳の欠片《かけら》もないアホみたいな量のパンパンパパンを見て、はー、ひと安心。実家のような安心感。

　席についているのは、千和とあーちゃんだけである。

「あれっ？　ヒメは？」

　あーちゃんが答えた。

「さっきメールあったわ。今こっちに向かってるって」

「学校には来てなかったんだ」

「朝から大浴場の大掃除があったんだって」

　ヒメは大学受験をしないし、単位も取れているらしいから、もう学校に毎日来る意味もない。家の手伝いを優先させるのは当たり前だった。それでも、俺たちのために学校に来てくれるんだから、もうマイガッデス・アンド・スイーテスト。

　千和はモッシャモッシャと腹ごしらえに一生懸命だが、あーちゃんはなんだか神妙な顔をしている。スカートの上で両手の拳《こぶし》をぎゅっと握りしめて、肩がこわばっている。

「ねえ、タッくん。本当なの？　本当に夏川《なつかわ》さんが、タッくんのために、あのお父さんの言いなりになったっていうの？」

「『あのお父さん』と、カオルの話によれば、そういうことになるな」

あーちゃんはしばらく沈黙した。

「……夏川さんが、タッくんのために自分の未来を犠牲にするなんて」

「ああ、らしくないよな」

あの親父《おやじ》が言っただけなら、信じなかっただろう。俺をあきらめさせるための嘘《うそ》だと決めつけただろう。だが、カオルまでもがそう言っている。純粋に真涼を憎んでいるカオルが言うからには、事実と思うしかない。

そして、あの夜、あいつが残していった黒歴史ノートのデータ。

そこまで含めて考えると、やっぱり、あーちゃんが言った通りの結論になってしまう。

「私、夏川さんのことを誤解していたのかもしれない」

あーちゃんの声のトーンは低く、暗かった。

「そこまで深く、タッくんのことを想《おも》っていたなんて。スウェーデンの大学のこと、あんなに楽しそうに話していたのに。あんなに、お父さんのこと嫌ってたのに。そういうものを全部引き替えにしても、タッくんのために……」

打ちひしがれたような色が、あーちゃんの表情にも声にも滲《にじ》んでいた。愛に燃え恋に生きる少女・冬海愛衣《ふゆうみあい》にとって、真涼に一歩先を行かれてしまったという敗北感があるのだろうか。

だが、恋は勝ち負けじゃない。

少なくとも、俺にとっては違う。

より多くのものを犠牲にしたからAの勝ち、Bの負け。そんな世界はくそったれだ。

「俺は真涼に会ったら、こう言ってやるつもりだ。余計なことすんな、ってな。俺はいつだって自分の力で運命を切《き》り拓《ひら》いてきたのに、まったく、何かっこつけてんだよって」

「えーくんの言う通りだよ。愛衣」

ごきゅごきゅ、ぷはっ。

炭水化物の群れを牛乳一リットルで飲み干した千和が、燃えるまなざしを向けた。

「ほんっとむかつくんだよね、なんか勝ち逃げされたみたいでさ。自分だけがえーくんのことわかってますー、理解者ですーみたいな顔して。一番美味《おい》しいところだけ持っていって、それでサヨナラ？　あたしたちには二度と会わないつもり？　じょーだんじゃないっての！」

語気は荒々しいが、空《から》の牛乳パックを丁寧に畳んでいる。ついでに指についていたソースをぺろりと舐《な》めた。

冷静だ。

冷静に、燃えている。

「今回は、確かに夏川に一歩譲っちゃったかもしんない。でも、だからって全面降伏なんてしたくない。一敗したら、また一勝すればいいだけ。違う？」

あーちゃんは視線を落として自分の膝《ひざ》を見つめていた。

それから、「うん」とひとつ頷《うなず》き、千和と俺に力強い目を向けた。

「――違わないわ。私たちは、『自らを演出する乙女の会』は、これからも続いていくんだもん。高校を卒業しても、ずっと。だったら、たった一度の勝ちだの負けだのに、拘《こだわ》る必要なんかないわよね！」

もう一度あーちゃんは頷き、バチバチと二回、両手で自分の頰《ほお》を叩《たた》いた。

「よし、気合入ったわ！　……それで、今は何待ちなの？」

「真那《まな》が来るのを待ってるんだ」

今朝方《けさがた》、リス子から電話があったのである。「なな、なーっ」。たったこれだけで通話は切れた。普通なら心の病院に相談するところだが、これは「暗号」である。真那から何かわかったら、リス子を通じて連絡が欲しいと言っておいたのである。万が一にもあの親父に俺の動きを悟られないよう、わざわざワンクッション挟んで、暗号まで決めておいたのだ。ながが三回は、「真涼の居場所がわかった」の意。

情報がつかめたら、放課後の部室で落ち合って聞くという手筈《てはず》になっている。

ちなみに俺は、いったんは学校を後にしている。近くのコンビニに入って尾行がないのを確認してから、再度、グラウンド側にある運動部の連中が利用する出入り口から靴下のまま校舎に戻った。まあ、さすがにこれはやりすぎかもしれないが、念には念をだ。

千和が机に落ちたパンくずを拭《ふ》き終わった頃《ころ》、真那とリス子がやって来た。静かにドアを開けて、ふつーに入ってきた。

「真涼の居場所が、わかったんだって？」

まあね、と真那は答えた。なんだかテンションが低い。この豚さんのことだから、鬼の首を取ったように「さあ感謝しなさい！　まずはさんべん回ってアッーと鳴け！　そして死ね！」とか罵《ののし》ってくるものかと思いきや。

「どこだ？　どこにいるんだ？　ニューヨーク？　ワシントン？」

「ちょっと、落ち着きなさいよ」

なんて、こっちを労《いたわ》る態度までみせやがる。いつもテンパってる金髪豚野郎に「落ち着け」と言われるなんて屈辱だが、確かに俺には余裕がない。

真那はこほんと咳払《せきばら》いして、その衝撃的な事実を口にした。


「羽根《はね》ノ山《やま》よ」


ぽかん、と三つの口が開いた。

俺、千和、あーちゃんである。

「……えっ？　アメリカにも羽根ノ山ってあるのか？」

「あるわけないでしょ？　馬鹿《ばか》なの？」

「じゃあ、どこのアメリカにあるんだ？」

「や。ちょっと何言ってるかわからない。あと顔がキモい」

顔のキモさは今、関係ねーだろ。

「じゃあ羽根ノ山って羽根ノ山なのか⁉　ここ？　ここォ⁉」

「街じゃなくて、山のほうね」

おらが街である羽根ノ山市の名前は、隣県との境《さかい》にある「羽根ノ山」に由来する。標高二千メートル級の自然豊かな霊峰で、有名なダムや温泉、スキー場などもある。観光資源に乏《とぼ》しいうちの県の、数少ない名所である。

「その山のなんとかって湖のそばに、夏川グループが経営しているホテルがあるのよ。パパが外国の貴賓《きひん》を接待する時なんかに使ってるらしいけど」

「もしかして、つばさグランドホテル？」

地元民なら誰でも知っている高級ホテルの名前をあーちゃんは挙げると、真那は頷いた。

「あそこって、夏川系列だったんだな。……いや、それにしてもまさか羽根ノ山にまだいたなんて」

あの親父、ブラフをかましてやがったんだな。俺に諦《あきら》めさせるために。

それは逆に言えば、やつが俺を怖れているということだ。真涼を取り返しに来ないかと、内心でヒヤヒヤしている。

……よし。

少し、希望が出てきたぞ。

千和が言った。

「あのこわーいお父さんなら、さっさとアメリカまで連れ去ってても不思議じゃないのにね」

「もちろん、パパは手続き中らしいわよ。それが終わるまで逃げられないように、一番セキュリティの高いところに閉じ込めたってコトでしょーね」

「羽根ノ山の夏川本家より、警戒厳重ってことか？」

ふん、と真那が顎《あご》を上げた。

「言ったでしょ。外国からの貴賓用ホテルだって。万が一テロがあった時にでも対処できるように、ボディーガードが何人も常駐しているわ。来館者チェックもバンのゼン。入館許可がないとだーれも入れてくれないわよ。……ていうか、アンタまさか忍び込むつもり？」

「事と次第によっては」

わざわざ事を荒立てたいとは思わないが、それしか真涼と会う方法がないというのであれば、それを行うのに躊躇《ためら》いはない。

「無謀すぎよ。そんなの成功するわけないじゃん。あんたニンジャか何か？」

「忍者と、魂の同化《フュージョン》をしたことならある」

あれは中学の修学旅行の時。当時片想《かたおも》いしていた清楚《せいそ》な川嶋《かわしま》さんに、俺の存在をアピールするためにしたコスプレ、もといフュージョンだった。あの時は、ただ川嶋さんにスルーされただけだった。今回も親父に華麗なるスルーを期待したい。

ふむう、と千和がうなった。

「ほら、あの真那っちのボディーガード、なんてヒトだっけ？」

「安岡《やすおか》？」

「そうそう、安岡さん。あの人に何か情報もらえないかな？」

脳筋チワワさんらしからぬ提案である。頭脳パンすげえな。

「もらえるわけないでしょ。安岡を雇ってるのはパパなんだから。なんでクライアントを裏切ってアンタらの味方しなきゃいけないのよ」

「……そっか、そうだよね」

千和が引き下がると、真那は俺を見た。

「ねえ、本気で乗り込むつもり？　パパがナンチャラって大学にクチきいてくれたんでしょ？『やっぱりこの前の話はナシにしてくれたまえ』とか大学にチクられたらどーすんのよ？無謀すぎない？」

「……なんか、珍しいな」

「あん？　何がよ？」

「いや、お前が俺のことを心配してくれるなんて。普通ありえないと思って」

真那は机をどんと叩いた。

「アンタになんかあったらヒメが悲しむでしょ⁉　アタシはそれしか気にしてねーわよ！　キモオタの心配なんか誰がするかァ！」

ななぁっ、とリス子が頷いた。まぁ、そうよな。ブタはもちろん、リスもヒメの心配しかしてないか。

あーちゃんがスマホを取り出して画面を見た。

「それにしても、遅いわねヒメちゃん」

千和が答える。

「メッセ送ってみたら？」

「送ったわよさっき。でも、既読にもなってないわ」

「お手伝いが長引いてるのかな？」

……なんだろう。

嫌な予感がする。

あの推薦入試の日以来、事故とか事件には敏感になってしまっている。まさか来る途中に交通事故に巻き込まれて、なんてことがないとは言えない。心配しすぎだって、わかっちゃいるんだが、あんなことがあった後じゃどうしても。

俺もスマホを取り出して、ヒメにメッセージを送ってみた。すると、すぐに既読になった。

思わずため息が漏《も》れる。良かった。ひとまず事故とかじゃ、ないみたいだ。

すると着信音が鳴った。ヒメから返信があったのだ。

――。

「ねえ、ヒメから連絡来た？　ねえオラ。聞いてんの？」

豚の声に、俺はすぐに反応できなかった。

画面に表示されたメッセージに、絶句して、唇が固まったように動かなくなった。やがて、手が震え出す。スマホを落とさないようにするのがやっとだった。

メッセージはたったひとこと。

そのシンプルさが、事態の緊迫を雄弁に物語っている。

『　たすけて　』

ヒメが。

危ない！

駄豚《だぶた》の巨人

#11 ヒメとカオ

羽根《はね》ノ山《やま》の麓《ふもと》にある老舗《しにせ》旅館「あきしの」は、宿泊客用のシャトルバスを運行している。一時間に一度、羽根ノ山駅と旅館を往復するのだ。秋篠姫香《あきしのひめか》は、通学の行き帰りによくそれを利用していた。

今日もそうだった。

家の手伝いを終えた正午すぎ、秋篠姫香は数人の宿泊客に混じってマイクロバスに乗って駅に向かった。

「お姫さん、気ぃつけてなあ」

姫香が子供の時から勤めている白髪の運転手にぺこりと頭を下げて歩き出す。ここから学校まで徒歩十分ほどの道のり。予定より遅くなってしまった。みんな待ってる。見慣れた通学路を早歩きする。

家から学校に行く途中だというのに、姫香が感じていたのは「早く帰らなくては」という感覚だった。あの部室は、自分の家みたいなものだ。あそこには大好きな男の子がいて、大好きな友人たちと、仲間たちがいる。彼らが待つ楽しい場所へ「帰る」のだ。

居場所。

高校生になって、乙女の会に入部して、姫香が手に入れたものだった。今までそんなものはなかった。家。教室。どこも自分の居場所とは感じられなかった。どこにいても、疎外感があった。鋭太《えいた》に出会って、千和《ちわ》、真涼《ますず》、愛衣《あい》と出会って、はじめて「ここは自分が居てもいい場所」と感じられたのだ。

幸福は連鎖する。

乙女の会に参加することによって明るくなったヒメは、クラスにも少しずつ馴染《なじ》めるようになった。

夏川真那《なつかわまな》との出会いも大きい。

最初、真那は姫香の「敵」として登場した。姫香がノートに書いたポエムを嘲笑《あざわら》い、びりびりに引き裂くなんてことをやってのけたのである。姫香は泣いた。ぼろぼろ泣いた。鋭太が救ってくれなかったら、もう、立ち直れなかったかもしれない。

そんな真那と、今では友達。

どうしてそうなったのか、実のところ姫香もよく覚えていない。同人誌という共通の趣味ができて、一緒にいるうちに、二人で同人誌を作ることになった。どっちが言い出したのかはもう覚えていない。二人にとって、それは重要ではなかった。「二人で」やることに意味があったから。

そこに加わってくれた、紅葉栗子《もみじりつこ》の存在もある。

まさか自分に「後輩」なんてものができるとは、姫香は想像していなかった。しかも自分は、栗子に尊敬されているらしい。どうにもこそばゆいけれど、その期待に応《こた》えたいと思う自分もいる。これもまた、姫香にとっては驚きの変化であり、幸福への変化だった。

それらの幸福すべては、鋭太との出会いから始まった。

だから、姫香は鋭太が好きだ。当初の「異性として好き」という感じとは、少し変わってきている。一種の象徴、姫香が愛している人や場所のシンボルとして、鋭太は在る。そんな鋭太が作るハーレムに、自分も居たいと思う。千和や真涼、愛衣がどうするかは彼女たち次第だけれど、少なくとも自分はずっと鋭太のそばにいたい。彼の一番——でなくてもいいから。

そんな姫香だからこそ——。

今回、こんな風に事態がこじれていても、「どうにかなる」と信じていた。

真涼だって、鋭太のことを大切に思っている。それは間違いない。その感情には「恋愛」という名前がつけられると姫香は思っているが、真涼は認めないだろう。なら、それでもいい。重要なのはそこではない。「鋭太のことが大切」。その一点のみなのだ。

千和だって、愛衣だって。

そして、遊井《あそい》カオルだって——。

鋭太を大切に思うというその一点においては、まったく同じはずだ。

だったら、手を取り合える。

わかりあえる。

かつて真那と自分がわかりあって友達になったように、カオルとだってそうなれるはず。姫香はカオルのことをよくは知らないけれど、そう確信している。

だって彼は、鋭太の「親友」なんだから――。

早歩きで、コンビニの前を行き過ぎた。学校から二番目に近いコンビニだ。ここからあと十分くらい。スマホを見れば時刻は午後一時十八分。ちょっと、遅くなってしまった。

「ワープ」

そうつぶやき、自分で「しゅいいんっ」という擬音もいれて、姫香は近道を選択した。このコンビニの裏にある住宅街を突っきっていけば、二、三分ショートカットできる。私有地である駐車場の中を通らなくてはいけないが、今日は許してもらおう。

細い路地裏に入り、しばらく歩いていると、向こうからやってくる人影が見えた。姫香は立ち止まり、ブロック塀のあいだの窪《くぼ》みに退避した。なんとかすれ違《ちが》える程度の道幅しかないので、どちらかが道を譲らなくてはならない。

その人影は、ハネ高の男子制服を着ていた。

爽《さわ》やかな笑みを浮かべて、手を振りながら近づいてくる。

「やあ、秋篠さん」

姫香はぎくりとして、肩をこわばらせた。

遊井カオル。

現在、渦中の人物である彼が、何故《なぜ》ここに――。

「君が路地に入っていくのが見えたからさ。追いかけてきたんだ。学校に行くんだろう?

乙女の会の部室に。鋭太に会いに」

頷《うなず》くと、カオルは笑って首を振った。

「鋭太はもう移動しているよ。いつも行く駅前の喫茶店《きっさてん》。あそこに集まることになったんだ。

もちろん、チワワちゃんやあーちゃんも一緒だよ」

「……」

「僕もちょうど移動するところだったんだ。一緒に行こうよ」

「どう、して?」

「今回の件、僕は全部話すことにしたんだ。夏川さんとのことで、ちょっと誤解があったか
ら、それを解くために」

「誤、解……?」

姫香の足がすくむ。

彼は、とっても素敵な笑みを浮かべているのに。ハネ高の女子たちにため息をつかせてや

まない、笑顔なのに。どうして、こんなに足がすくむんだろう。

「誤解って、なに？」

「だから、それを話すんじゃないかぁ」

笑みが、へらっ、と薄くなった。

近づいてくる。

彼が近づいたぶん、姫香は後ずさる。狭い路地だからすぐに行き詰まり、制服の襟《えり》が生け垣の葉に触れる。

「秋篠姫香」

もう、彼は笑ってはいなかった。

冷たい、いや、冷酷な顔。さっきの爽やかな少年とはまるで別人だ。下から、抉《えぐ》るように、顔を覗《のぞ》き込んでくる。

「綺麗《きれい》な顔だねえ」

「……っ」

「透明感のある肌。ぱっちりとした瞳《ひとみ》。長いまつげ。さらさらの綺麗な黒髪。はは、まったく典型的な和風美少女だよ。――でも、鋭太が惹《ひ》かれてるのはそこじゃないよなあ？」

カオルの手が、姫香の尻《しり》に伸びた。

毟《むし》り取るかのように、スカートから浮き出た丸みをつかんだ。

「これだろ？　なあ。これで鋭太をたぶらかしたんだろ？」

カオルはぎりぎりと力をこめる。痛いのに、姫香は声もあげられない。苦痛よりも何よりも、恐怖で精神が凍りついていた。

「まったく許せないよ。女に生まれたってだけで。ただそれだけの理由で、鋭太に好かれて。僕はずっと、友達でしかなかったのに。鋭太にお姫さま扱いされてさあ！　ふざけんなよ！」

突き飛ばされて、姫香は生け垣に倒れ込みそうになった。枝につかまって、どうにか転倒を免《まぬが》れる。つられてカオルが体勢を崩したすきに、来た道を駆け出した。

「逃がすかよ!!」

カオルが追いかけてくる。

このまま逃げれば学校からどんどん離れていく。だが、方向転換はできない。スピードを緩《ゆる》めたらつかまる。姫香にできるのは、ともかく、全速力で闇雲《やみくも》に走ることだけだ。

走りながら、メールを打った。

鋭太に助けを求めるメールを打った。電話をしても、声を出せる自信はない。親指だけで、どうにか、「たすけて」の四文字だけを打った。

何度も角を曲がり、でたらめに走って行けば、もう自分がどこにいるかもわからなくなった。コンビニの中に逃げ込もうと思っていたのに、もう方角さえわからない。息が切れてきた。汗が目に入る。足が棒のようになり、腿《もも》が悲鳴をあげている。もう、限界が近い。

まだ追いかけてくる。

「たす、けてっ」

「いーやーだーねーぇ」

伸びてきた手がついに姫香の肩をつかんだ。力任せに引き寄せられる。華奢《きゃしゃ》なように見えるが、やはり彼は男性だ。女子のなかでも軽い姫香は、あっけなく動きを止められ、アスファルトの上に引き倒された。カオルの唇が「にゃあっ」と嫌な感じに歪《ゆが》む。

「どうして？　どうしてえっ」

姫香はそう繰り返すことしかできなかった。目からは涙がこぼれ、口からは嗚咽《おえつ》が漏《も》れた。

「どう、してっ。あなたも、エイタが好きなんでしょ？　なのに、どうして？　同じひとが好きなら、わかりあえるはず!!」

「ばぁーか」

嘲笑うような声が、狭い路地に響く。

「逆だよ、逆。ぜんぜん逆なんだよ。まったく、君はお花畑にでも住んでいるのか？　世界は優しくて世の中はみんないい人だって思ってるのか？　いいかいお姫様、現実を教えてやる。同じ男を好きになれば、取り合い啀《いが》み合い憎み合う。争い合う。修羅場《しゅらば》になる。それが恋ってものだろう？　それをみんなで仲良くだなんてキモイんだよ!!　もっと修羅場れよ！包丁持って血みどろに殺し合えよ!!」

「どうして」

それでも、姫香は繰り返した。

信じている。

鋭太のことが大切なら、鋭太のことを愛しているなら、絶対にわかりあえる。だって、鋭太だもの。あの鋭太を好きになるような人間であれば、絶対に――。

「やっぱ、駄目だね」

姫香を押し倒し、のしかかりながら、カオルはまた笑った。

「不思議の国のおヒメさまには、言葉で言っても伝わらない。その女の子のからだに、直接、教え込んでやらなきゃなあ。現実ってやつを」

どうして。

どうして。

どうして。

どうして。

姫香は何度も繰り返す。

それは、彼への疑問ではない。彼の良心、人を思いやる心に直接呼びかける問いかけだった。姫香は、こんな状態になっていても、身体の自由を奪われ命の危険が迫っていても、なおも、信じることをやめていないのだった。夏川真涼が見れば、感心したことだろう。その気高い精神性、黄金の精神に、称賛を送ったことだろう。

「あは。あはは。あはははは」

だが、ここには復讐鬼《ふくしゅうき》しかいない。

嫉妬《しっと》と執着の塊と化した、鬼しか——。

「あはははははははははははははははははははははははははははははははははは」

#12 哀しき親友の修羅場

ヒメからのSOSと同時に俺《おれ》たちは行動を起こした。

MVPはリス子である。ヒメの現在地をスマホGPSで確認できるアプリを持っていたのだ。真那《まな》が「や、怖いんですけど」「いつのまにそんなもの？」「ストーカー？」とかぶつぶつ言っていたがスルーした。今はどうでもいい。毒をもって毒を制すだ。

場所は、それほど遠くない。

学校から二番目に近いコンビニ、その裏手にある住宅地である。

一番体力のある千和《ちわ》を先頭に、俺たちはともかく突っ走った。千和のあとに俺が続き、かなり遅れてリス子、あーちゃん、ずーーーーっと遅れてブタさん、という集団だ。校内の有名人ばかりが血相を変えて走っているわけで、下校中の生徒たちが目を丸くしていた。

構っちゃいられない。

ヒメの身に何かがあったのだ。俺に助けを求めているのだ。一刻も早く駆け付けなくてはならない。

「ね、えーくん！」

走りながら千和が言う。

「いちおう聞くけど、これってヒメっちのアレじゃないよね？」

「違う！」

アレ、というのは中2病的なアレであろう。「邪竜族《ワイバーン》の結界に囚《とら》われて魔力を封じられてしまった！」的な。俺もその可能性を少し考えたが、だったらもっと文面がそれらしいものになるはずだ。まして、昨今のこの状況下、ヒメの発作《ほっさ》だって時と場合は弁《わきま》える。

「じゃあ、何が？　まさかまた夏川《なつかわ》パパ？」

「あり得るな！」

パチレモンのプロデューサーという立場でみれば、真涼《ますず》にとって最重要人物はプリンことヒメの存在である。ヒメをどうにかしてしまえば、真涼はビジネスでの切り札を失う。それを見越して、ヒメを拉致《らち》でもしたのかもしれない。まさかそこまでという想《おも》いはあるが、実の娘を幽閉《ゆうへい》するような親父《おやじ》だ。ありえないとは言い切れない。

だが――。

俺は、もうひとつの可能性も、頭の隅にちらついている。

まさか、そんなことはないと思いたい。あいつがヒメに何かするなんて、思いたくない。だが、今までの常識《ルール》はもう通用しなくなっている。あらゆる可能性を考えなくてはならないのだ。

コンビニの前まで来た。千和が言った。「さっきも来たのに！」。あと十分、十五分ほど早ければ、千和と鉢合わせて、ヒメを助けることができたかもしれない。だが言ってもしかたがない。俺たちはそのままコンビニを通りすぎて細い路地裏に入った。ハネ高生御用達《ごようたし》の裏道だ。私有地である月極《つきぎめ》駐車場を突っ切らなくてはならないため、近所から学校に苦情が入ったこともある。それ以来、おおっぴらに通る生徒はいないが、それでも遅刻寸前の朝などはお世話になる道だ。この時間は人気《ひとけ》がなくて薄暗い。路地に入った瞬間、うそ寒い感じがした。

「待て千和！　この路地のどこか、リス子に確認する！」

三位以下よりだいぶ先んじてしまった。振り返っても姿がない。リス子が来るのを待って、もう一度アプリを確認しなくては細かい場所がわからない。

だが千和は駆け足で足踏みしたまま、

「狭い路地だもん！　走り回ったほうが早いよ！」

「……それも、そうか」

千和はまた駆け出した。俺も後に続く。こうなったらチワワさんの野生に頼るしかない。

錆《さび》の浮いた自動販売機の角を曲がり、落ち葉と銀杏《ぎんなん》の実を踏みにじり、側溝を飛び越え、番犬に吠《ほ》えられ、もう一度角を曲がったその時だった。俺と千和の目に、信じがたい光景が飛び込んできた。

灰色のブロック塀に寄りかかって、ヒメが地べたに座り込んでいる。

放心状態にあるようで、俺と千和が来たのにも気づいていない。いつも丁寧にセットされている黒髪はボサボサで、顔は涙でぐしゃぐしゃに濡《ぬ》れている。泣きはらした目が、何もない中空を見つめていた。

そして――。

男子の制服を、着ている。

ヒメが身につけているのは、ハネ高の女子制服ではなく、俺が着ているのと同じ男子の制服であった。つまり、ズボン姿だ。だが、ちゃんと着られていない。ズボンのベルトを締めていないし、上着のボタンもいくつか外れている。襟《えり》の隙間《すきま》から覗《のぞ》く滑らかな鎖骨が今は痛々しい。

着衣の乱れ。

放心状態で座り込む少女。

こんなの、尋常ではないことがヒメの身に起きたと思うほかはない。この姿を見れば誰《だれ》ってそう思うだろう。だけど、だけど――おかしい。ヒメは服を脱がされたんじゃない。服を、着、い、い、い、いい、着させられたんだ。

俺も千和も、ヒメに声をかけることもできずに立ち尽くした。

――これはいったい、どういうことだ!?

その時である。

「ようやくご登場かい？」

生け垣の陰から、そいつは現れた。

ゆらり、ゆらりと揺れている。傾《かたむ》き始めた太陽の光を遮《さえぎ》り、アスファルトに禍々《まがまが》しい影を落とす。影も一緒に揺れている。逆光なのと薄暗いのとで、はっきりと姿は見えない。ただ、そのめくれあがった赤い唇だけが鮮やかに焼き付いた。

「お姫さまを救いに来た王子様が、他の女の子同伴っていうのはどうなのかなあ？　まあ、君らしいといえばらしいのかな——鋭太《えいた》」

「カオル！」

ヒメの介抱を千和に任せて、俺は一歩前に進み出た。

「どうしてこんなことをした⁉　ヒメにはなんの罪もないだろうが‼」

「気に入らなかったのさ」

事も無げに言う。

「鋭太のそばにいて。鋭太に守られて。それも、女の子として——だよ。君は彼女を異性として強く意識していた。身も蓋《ふた》もない言い方をすれば、欲情していた。エロスを感じていたんだろう？　他の三人よりも。それは、少し観察していればわかることさ」

「それが、許せないっていうのか？」

「ああ。ある意味、夏川真涼よりも憎たらしいね」

視線がヒメに移動した。

「だから、彼女には男の子になってもらったんだよ。無理やり男の子の格好をさせられた惨めな姿を、鋭太に見てもらいたかったんだ。――別に、意味なんてないけどね。ただ、僕がそうしたかったからってだけさ」

「それが、お前の復讐《ふくしゅう》か。カオル」

俺は気持ちを落ち着けて、改めて親友の顔を見た。

口角を吊《つ》り上《あ》げ、嘲笑《あざわら》い、見下すような表情を作ってはいるけれど、そのまなざしはとても悲しい、いや、哀しいものに見えた。

「そうさ。復讐さ。家のルールでがんじがらめにされて、世間の常識に縛られて、好きな男の子に何ひとつ気持ちを伝えられない、それどころか、恋の応援までしなきゃいけなかった僕の――いや、私の、復讐。どう？　鋭太。私の本当の姿を見た感想は。醜《みにく》いでしょう？　醜さの塊でしょう？　爽《さわ》やかでもないし優しくもない、これが、私の真実だよ」

俺は渇く唇を舐《な》めてから言った。

「お前は、お前だよ。俺の親友、遊井《あそい》カオルだよ」

たったそれだけのことだった。口にしてしまえば、たったのひと言。もっと気の利《き》いたことが言えればと情けなく思う気持ちもあるが、それだけで何が悪いのかという思いもある。そう言うしかなかった。

カオルの表情が急激に変化した。

「――ほんっと、いい加減にしてよそういうの!!」

怒りの炎を言葉にのせて叩《たた》きつけてきた。

「優しくしないで！　思いやらないで！　理解しようとなんかしないでよ！　醜いものは醜い、それでいいでしょ!?　どうして理解しようとするのよ!!　みんなそうしてるじゃない!!　私みたいなのは、ただの異常者。マイノリティ。いないほうがいい人間よ！　だから閉じ込めてたのに！　本当の私はずーっと心の奥にしまいこんでいたのに！　なのにどうして理解しようとなんかするの!?」

「………………」

カオルを理解しようとすることは、余計なお世話でしかないんじゃないか。

あーちゃんから「金魚」の話を聞いて以来、ずっと、その思いはぬぐえなかった。個人の問題でしかないことに、野次馬《やじうま》気分で首を突っこもうとしてるんじゃないか。中途半端《ちゅうとはんぱ》にかかわろうとしているんじゃないのか。そんな風に思ったこともある。

だけど……やっぱり、それは違う。

だって俺は、野次馬なんかじゃない。

親友なんだ。

「それは、俺が……」

喉《のど》の奥で、声が掠《かす》れた。

唾《つば》を飲み込んでから続けた。

「俺が、理解されたかったから。ずっと、誰かに理解して欲しいと思って生きてきたから。だから、お前のことも理解したいと思ったんだ。……たとえ、ほんの少しでも」

「……へえ」

カオルの表情がまた変わった。笑おうとしたら泣き顔になったのか、あるいはその逆か。瞳《ひとみ》に浮かぶ大粒の涙の理由が、俺にはわからない。

「それは、あなたが優しいから？　私に同情してくれたの？」

「違うと思う」

その時、頭に浮かんだのは、あの銀色の悪魔だった。この世でもっとも恐ろしい強敵、俺を悪辣《あくらつ》な罠《わな》にはめてがんじがらめにしたあの女の顔だった。

あいつは、優しくなんかない。

あの夜、俺を慰めてくれたのは、同情なんかでは決してない。

あいつは、ただ、「敬意」を払ってくれたのだ。

俺の黒歴史を目撃した、ただひとりの人間として。

そこに書かれた内容を「真実」と認めて、尊重してくれたのだ。

ああ、それが、どれだけ嬉《うれ》しかったか！

だから、俺だって。

俺だって、カオルに。

「俺が理解されたから。理解される嬉しさ、幸せを知ったから。だから、こんな風に言えるようになったんだと思う」

カオルは沈黙した。俺も黙り込んだ。静かな時間が流れた。しばらく二人で見つめ合った。

親友の表情からは怒りが消えて、悲しみだけが浮かんでいる。もし、ここで俺がカオルを否定してみせれば、罵《ののし》ってみせれば、きっとカオルは満足するだろう。だが、それはできない。断固、拒否する。

やがてカオルはため息をついた。

「厳しいね。鋭太は」

「ああ」

そう。やっぱり俺は優しくなんかない。

騒がしい足音が近づいてきた。あーちゃんたちが、ようやく追いついてきたのだ。

「カオル⁉　ヒメちゃん⁉」

男子制服のヒメと女子制服のカオルを見て、あーちゃんは絶句して立ち尽くした。それを邪魔とばかりに押しのけて、真那が前に進み出た。

「つまんないことしてるわねえ、カオル！」

ふんっ、と金髪のツインテールを跳ね上げるいつもの高飛車ポーズで、真那は自分が恋した相手と対峙《たいじ》した。虚勢を張ってはいるが、膝《ひざ》はかくかく揺れているし肩も震えている。だが、とにもかくにも、どうにかして、カオルの前に立っている。

「だいたい察しがつくわよ。カオルとカオリ。アンタ、もともと分裂していたのよね。だけど、それじゃあどーにもこうにもならなくなって、ヒメに八つ当たりしたんでしょ？」

「……ふふ。確かに、八つ当たりね」

カオルは俺から視線をはずすと、苦笑を浮かべて真那を見た。

「あの日、生徒会室で私があなたにしたことも、ただの八つ当たり。ストレスの発散だったわ。思えば、最初に会った時からそうね。公園で自転車の乗り方を教えてあげた、あの時から」

真那は眉《まゆ》をぴくぴくさせながら言った。

「ふーん。アレって、アンタにとってそーゆーカンジの出来事だったわけだ」

「ええそう。あなたはそこに特別な意味を見いだしていたようだけれど、私にとってはその程度。ただのお遊び。ヒマ潰《つぶ》し」

「そのわりにはずいぶん親切にしてくれたじゃない？」

「だって、どうでもいいことだもの。どうでもいいことには、いくらでも親切になれるしいくらでも残酷になれる。そこにいるあなたの友達にしたようにね」

千和とリス子に介抱されて、ヒメは我《われ》を取り戻している。リス子のコートを毛布がわりにかけられて、目をぱちぱちさせている。

「大丈夫か、ヒメ。痛いところはないか？」

「……うん」

俺を見て、ヒメはホッとした顔を見せた。それから真那とカオルに視線を移して、心配そうな顔になる。

そんなヒメに、真那は小さく手を挙げてみせた。

「心配いらないわヒメ。ちょっとアタシはアタシでケリつけちゃうから。そこのリスと観戦してて」

なぁぁ〜っ、と抗議の鳴き声をあげるリスを無視して、真那はカオルに向き直った。膝の震えが止まったわけではない。肩もまだ揺れている。だが、それでも、仲間の前で無様《ぶざま》は見せられないと、しっかりカオルを見据《みす》えている。

やはりこいつは、夏川真涼の妹だ。

「アタシ、アンタみたいな馬鹿《ばか》をもうひとり知ってるわ。もう帰ってこない母親のことを信じて、父親の道具を演じてた馬鹿女のこと」

「あなたのお姉さんのこと？」

「さあね。そいつも、結局は途中で崩壊しちゃったのよねー。ま、結局のところ全部嘘《うそ》だったわけだから、そりゃあいつかは崩れ去る運命だっていうモンよ。——でもね」

真那はもう一度ツインテールを跳ね上げた。

「そいつには『共犯者』がいたのよ。一緒に嘘をついてくれる、虚構を造り上げてくれるパートナーが。だから、今でもふんぞり返っていられるんだと思う。偉そうにしてられるんだと思うわよ。今のアンタみたいに、不幸そーなツラはしてないワケよ」

共犯者。

――ああ、そうか。そうだったな。

思えば、その言葉を俺に最初に吹き込んでくれたのは――夏川真那。金髪豚野郎。お前だったな。あの真夏のビーチで。

「そうね」

カオルは寂《さび》しそうに首を振った。

「確かに、私にはいなかったわ。秘密を共有する相手。あーちゃんがそうだったかもしれないけど、彼女は転校しちゃったから。……ううん、転校しなくても同じね。女の子に私の気持ちなんかわかりっこない。わかってほしくないもの」

あーちゃんは傷ついた表情を見せた。何か言おうとしたが、結局唇は動かなかった。

「別に、今からでも遅くないいじゃん」

事も無げに真那は言った。

「今から、作ればいいじゃん。共犯者。いっしょに嘘ついてくれる相手を、世の中をだまくらかしてくれる相手、作ればいいじゃん」

「ようは、アンタ怖いんでしょ？　そいつにもし裏切られたって思うと怖くって、だから共犯者さえ作れない。違う？」

「…………」

「……違わないわね」

カオルは静かに目を閉じた。

「その通り。私は、臆病《おくびょう》なのよ。怖くて怖くてたまらない。だから、他人を傷つけるしかないの。マナ・クラインシュミット。あなたの言う通りよ」

目を開いて、真那を見た。

「――そう。それが、この僕の正体。君が恋した僕の正体さ。真那」

元の口調に戻っている。カオルの口調に戻っている。

「鋭太。それにあーちゃん、チワワちゃんも。僕の正体を知って、せいぜい幻滅して欲しい。それが、僕の今の望みだ」

それだけ言うと、カオルは俺たちに背中を向けた。

「待て、カオル！　もう少し話をさせてくれ！」

「これで終わりだよ。鋭太。僕にはもう、言いたいことなんかない。やりたいこともない。あとはただ、淡々と、家のルールに従って生きていくさ。だからもう、君の隣にはいられない。ルールの外側に行こうとしているハーレム王の隣には」

親友は歩き出した。

追わなきゃいけないのに、その肩をつかんで振り向かせなきゃいけないのに、俺の足は動かなかった。いや、唇が動かないのだ。さっきのあーちゃんと同じく、カオルにかける言葉を今の俺は持っていないのだった。

「馬鹿ね」

真那の、泣き出しそうな声だけが、路地にむなしく響いた。

「ほんと、馬鹿よ。アンタは。こんな、たくさんの人に愛してもらってるくせに。大事に思ってもらってるくせに。馬鹿——ぁ」

#13 吹っ切れた先は修羅場

カオルが去った後、俺《おれ》たちは学校まで戻った。ヒメをこのままの格好で家に帰すわけにもいかない。それに、話し合う必要もあった。これからのことを。

先に女性陣（つまり俺以外の全員）に入室してもらった。ヒメを着替えさせるためだ。しばらくして、あーちゃんの声がした。「いいわよ」。扉を開けると、あーちゃんのジャージ上下を着たヒメが温かいお茶を飲んでいた。

「落ち着いたか、ヒメ」

ヒメは湯呑《ゆの》みをふーふーしながら頷《うなず》き、お茶を美味《おい》しそうに飲んだ。うん、良かった。心配ないみたいだ。

真那《まな》とリス子は小上がりに座り、俺たち自演乙《じえんおつ》のメンバーはいつも通りの席についた。真那は、到着するなりずっと、ちゃぶ台に向かってPCを叩《たた》いている。そんな真那の隣で、リス子は淡々とタブレットで同人作業を進めていた。

やがて――。

「これから、どうするの？」

あーちゃんが重たげに口を開いた。

「カオルのことも、心配だし。それに、夏川《なつかわ》さんのことも解決してない。私たち、これからどうするの？　ねえ。タッくん」

千和《ちわ》とヒメも、俺のほうを見た。

俺の心はもう決まっていた。ただ、口に出すのは少し勇気が必要だ。一度お茶を飲んで、勢いをつけてから言った。

「つばさグランドホテルへ、真涼《ますず》を助けに行く」


口にしてしまえば、それだけのことだった。

だが、他の三人にもたらした衝撃は大きい。あーちゃんは長いため息をつき、ヒメは何度も目を瞬《またた》かせ、千和はごくりと唾《つば》を飲みこんだ。

「タッくん。それがどういうことなのか、わかってるのよね？」

「わかる。……わかる、つもりだ」

さっき真那が言った通り、俺の医学部受験は今度こそ台無しになるかもしれない。せっかく、真涼のおかげで一縷《いちる》の望みが残ったところを、わざわざ自分から壊しに行くことになる。真涼が聞いたら冷たい怒りとともに吐き捨てるはずだ。「誰《だれ》が助けてなんて頼んだのかしら？」。いや、まったくその通り。あいつにしてみれば大きなお世話だろう。俺の中にもまだ迷いがある。だから、「つもり」なんて言い方になったのだ。

「これは、カオルのためでもあるんだ」

「カオルの？」

「このまま真涼が海外に行っちまったら、もう、カオルと俺の決裂は決定的になる。真涼がいなくなったら、この乙女の会も終わりだ。そのことで俺はカオルを恨むかもしれない。そこまでいかなくても、苦い苦い思い出があいつとの間に残ってしまう。そういうのは、嫌なんだ。きっちり真涼をあの親父《おやじ》から取り返して、カオルの企《たくら》みをぶっ壊したうえで、もう一度、カオルと仲直りしたい」

「それは、彼は望んでないと思う……」

躊躇《ためら》いをみせつつ、ヒメが口を挟んだ。

「たぶん、彼が欲しがってるのは『罰』。鋭太《えいた》に罰して欲しがってる。わたしにあんなことをしたのは、そのため。わざと鋭太に嫌われるために。憎んでもらうために」

「嫌だ、そんなのは！」

自然と声が大きくなった。

「なんで、嫌いにならなきゃいけないんだよ。憎まなきゃいけないんだよ。親友なんだぜ、あいつは。ずっとそうだった。俺が周りから笑われてた時も、馬鹿《ばか》にされてた時も、あいつは俺の味方だったんだ！　罪とか罰とか、わかんねーよ。男でも女でも、カオルはカオルさ。俺の親友なんだよ‼　それだけじゃいけないのか⁉」

しんと部室は静まりかえった。誰も口を開かない。当然だ。その疑問に対する解答を、誰も、俺も、持っていないのだから。

あーちゃんが言った。

「仮に、助けに行くとしてよ。勝算はあるの？　あのお父さん相手に直談判《じかだんぱん》して、説得して、夏川さんを取り戻せる？」

「無理だろうな」

「じゃあ、どうするのよ？　力尽くで警備を突破するとか、気づかれずに侵入するとかして、夏川さんを連れて逃げるの？　いやそれ絶対無茶よね⁉　私たち普通の高校生なのよ⁉　捕まって、最悪警察呼ばれて終わりじゃない⁉」

「…………」

反論、できない。

できるはずがない。

囚《とら》われの恋人（か、どうかはともかく）を助けるために強大な敵要塞に突入、だなんて完全に漫画の世界だ。残念ながら、俺の住む世界はそこまでヒロイックにできていない。

千和は何も言わない。ただ、黙って机に視線を落として何かを考えている。

その時である。

部室にノックの音が響いた。失礼します、という声とともに入ってきたのは、おかっぱ頭の美少年。前・書記クン。現・生徒会長クンであった。

入ってくるなり、彼はリス子と視線を合わせた。お互い、ムッとしたような顔を浮かべて、それからすぐに同じタイミングで視線を逸《そ》らした。

「季堂《きどう》先輩に、話があって。いいですか？」

「あ、ああ……」

千和たちが席を立とうとすると、彼は手を振って制した。

「大丈夫です。すぐにすみますから」

そのまっすぐな瞳《ひとみ》で俺を見つめて、彼は言った。

「聞きました。遅刻の真相の件。事故に遭《あ》った子供を人命救助していて、遅れたそうですね」

「うん」

「馬鹿ですよ。先輩は」

「…………」

茶化《ちゃか》しているのでも、馬鹿にしているのでもないことは、彼のまなざしを見ればわかった。

真剣で率直《そっちょく》な言葉が、その本心を表している。

「賢い人なら、何か別の手を思いついたはずです。どうにかして大学や校内の心証を悪くしない手はあったはずです。それを、あなたはわざわざ、自分で悪名を着るようなマネをした。

馬鹿ですよ」

「……」

「俺も来年、医学部推薦を目指します。先輩より上手《うま》くやってみせます。俺が受かるか受からないかは、誰のせいでもおかげでもない。俺が上手くやれるかどうかでしかない。それだけは、馬鹿な先輩にもわかっておいてほしいです」

頭の中で、何かが刺激された。会長クンの言葉を聞いて、何かが生まれつつあった。脳内にモヤモヤとした雲が広がり、何かの形を作ろうとしている。

「そんなことを言いにきたの、猛将《たけまさ》」

小上がりからリス子が尖《とが》った声をあげた。この齧歯類《げっしるい》は、幼なじみと話す時は人語を使う。

「余計なお世話でしょ、猛将には関係ない。いちいちそんなことでシャシャってこないで」

「そうだな。もう帰るよ」

会長クンは素っ気なく言って、俺に頭を下げた。

「以上です。失礼しました」

去って行く彼の背中に声をかけた。

「ありがとう。そうだよな。そうだよな……ありがとう‼」

俺の様子に首をかしげつつ、彼はドアの向こう側へ消えた。

「どうしたの？　タッくん？」

「エイタ……？」

不思議そうに尋ねる二人の前で、俺は。

震えていた。

寒くもないのに、ぶるぶる、身体が勝手に震えだす。我ながら滑稽《こっけい》だ。こんな、興奮するなんて。ただわかりきっていたことを、再発見しただけなのに。俺は――。

「そう。俺は――馬鹿なんだよ‼」


立ち上がって吠《ほ》えた。

千和も、ヒメもあーちゃんも、リス子も真那も、いっせいに俺を見つめた。

「俺は馬鹿だ。ああ、なんて馬鹿なんだ。……そうだよ。馬鹿だったんだよ俺は。難しいこと考えられるようには、頭ができてないんだ。変に学年トップなんかでいたから、自分でも誤解してた。間違ってた。俺はもともと、すっげえ馬鹿なんだよ‼　なあ、千和‼」

千和は面食らったように目をぱちぱちさせた。しかし、すぐに笑顔になって叫んだ。

「そうだよ！　えーくんは馬鹿だよ！　めっちゃ、大馬鹿っ！」

「だよなっ？　だよなっ⁉」

盛り上がる俺たちに、あーちゃんもヒメもぽかんとしている。

「あ、あの～タッくん？　結局どうするの？」

「おう。助けに行くよ。真涼を。悪の要塞に乗り込んで」

「結局それ⁉　さっき話した問題はどうするのよ⁉」

「知らねえよ、そんなもん！」

　俺は胸を張った。

「出たとこ勝負でいいだろ、そういうの。ホテル乗り込んで、思いっきり騒いでやって、それで真涼や親父のリアクションを見る。それでいい」

「そんな滅茶苦茶《めちゃくちゃ》な⁉　勝算はあるの⁉」

「だからないんだって！」

　そんなのは「かしこ」の考えることである。

　馬鹿な俺は、そんなこと考えなくていい。無駄なんだから。さっき会長クンが言った通り。いくら考えたところで、人命救助の件みたいになるのがオチ。馬鹿の考え休むに似たり。じゃあ黙って休んでいられるかというと、それもできない。

　だったら、

「ともかく、行動する」

　それしかないだろう、というのが、馬鹿にも出せる結論だ。

「真涼のためだとか、カオルのためだとか、そういうのは考えない。俺が俺でいるために、そうするんだ。そう。俺は英雄なんかにゃなれないんだ。どこまでも、季堂鋭太でしかない……」

　ヒメとあーちゃんは口を開かない。否《いな》、開けないのだろう。「なんと言っていいのかわからない」と顔に書いてある。俺の馬鹿さ加減に呆《あき》れかえっている。

ただひとり、幼なじみは、

「うん。えーくんっぽいね。それ」

と、親指を立ててみせた。

「昔のえーくんが戻ってきたってカンジ。そう、えーくんは昔からそうだったよ。カオルくんが知ってるえーくんも、そうだと思う。だから、きっとわかってくれるよ」

「それじゃ、夏川さんは？」

「そっちは知らない！」

あーちゃんの問いに、千和はあっさり首を振った。

「知らないけどさ。ま、たくさん男子がいるなかから、わざわざえーくんを偽彼氏に選んだくらいなんだから、わかってるでしょ夏川も。えーくんがそういうコトするやつだっていうのは」

「だな」

俺は考えすぎていた。

あの悪の帝王なら、俺がどう動くかなんてとっくにお見通しのはずだ。真涼は本当に賢い。俺とは違う。ならば、そんなやつの思考を云々《うんぬん》したところでしかたがない。

「わたしも、賛成する」

ヒメが小さく手を挙げた。

「どっちがエイタらしいかって言われたら、やっぱりそのほうがいい。考えすぎて立ち止まっているのは、暁の聖竜騎士《バーニング・ファイティング・ファイター》らしくない。戦士は常に戦いの中に身を置くべし」

ヒメの小鼻がぷっくりふくらんでいて、大変に可愛《かわい》らしい。どうやら俺や千和の興奮にあてられてしまったようだ。

「し、しかたないわねえ……」

何度も首を振りながら、あーちゃんは言った。

「そこまで言うなら、もう止めないわよ。確かにこのまま何もしないわけにはいかないもの。よりいいアイディアがない以上、タッくんの案にのって乗り込むしかないわね」

「いや、別にお前らまで付き合わなくても」


「「「は？　何言ってるの？」」」


その声は、三人同時に発せられた。

千和、ヒメ、あーちゃんが、一斉に立ち上がった。

「えーくん。ひとりで乗り込むつもりだったの？　あたしたちも行くに決まってるじゃん」

「心外。わたしたちはいつも一心同体。離れえぬ運命《さだめ》」

「タッくんだけ行かせたらどんな無茶するかわからないじゃない！　とーぜん愛衣《あい》ちゃんも行くわよ！」

「いや、お前ら入試は？　受験勉強は？　こんな時に騒ぎ起こして、万一停学とかにでもなったら」

「タッくんが言っても説得力ない!!」

と、一蹴されてしまった。ですよね。

そっか……。　こいつらなら、そう言うよな。

定番のハーレムラブコメなら、こういう時、負けたヒロインは自分の負けを潔《いさぎよ》く受け入れて、最後に主人公の背中を押すものだけれど。

こいつら、そんなタマじゃない。

そもそも、負けてない。

仮に負けても認めない。

背中を押すどころか、一緒にマシンガン持って突撃するような連中しかいないのだ。

つまり、止めても無駄というわけで。

「じゃあ、ホテル襲撃計画を練るぞ！　えーと、それにはまず……」

「ホテルの見取り図」

ぶっきらぼうな声とともに、ＳＤカードが突き出された。

真那がぶすっとした顔で立っている。その目が赤く充血している。鼻をすん、と啜《すす》ってから言った。

「地図がないことには、ハナシにならないでしょ。これ、セキュリティにだけ配られてるやつだから。ネットにももちろん載ってない、保安上の機密のやつだから。絶対他人の目に触れさせないで」

「いいの、か？」

俺は呆然《ぼうぜん》と、金髪豚野郎の顔を見上げた。

「何よ、疑うの？　ついさっき安岡《やすおか》のＰＣにつないで、ちょろまかしたやつよ。別に罠《わな》とかじゃないから」

「いや、そうじゃなくて。協力してくれるのか？　お前には、なんのメリットもないのに」

それどころか、親父にバレたら真那が怒りを買ってしまう。

基本、真那には不干渉の夏川亮爾《りょうじ》だが、自分の邪魔になるとなれば話は変わるはずだ。真涼にしたよりもさらに冷酷に冷徹に、処分を下すかもしれない。

「メリット？　……あるわよ」

真那の声が小さくなり、喉《のど》の奥で掠《かす》れた。

真《ま》っ赤《か》な目から、大粒の涙があふれだし、頬《ほお》を流れ落ちていった。

「……カオルを、助けてよぉ……」

嗄り泣《な》きながら、豚野郎は言った。

「アタシじゃ、もう、駄目なのよ。アタシの声なんか届かないの。お願い。アイツを助けてあげて。お願い。お願いよぉ……」

あーちゃんがハンカチを差し出した。受け取る様子がないので、あーちゃんはそのハンカチで真那の頬を静かに拭《ぬぐ》った。後ろからはヒメが抱きついて「大丈夫」と何度も囁《ささや》いている。

千和が、残っていたカレーパンを「食べる?」と差し出している。いや食わないだろ。リス子はそんな真那の様子を呆れたように一瞥《いちべつ》して、また同人作業に戻っていった。

「わかった。まかせろ」

真那の肩を力強く叩いた。

自信なんかないけれど。

任せてなんて言えるような状況じゃないけれど。

そう言うしかないっていう時は、確かにある。

そして、俺自身、カオルのことを放っておくつもりはない。

#14 真涼、悟る

真涼《ますず》が軟禁状態となってから、数週間が経過した。

トイレ風呂《ふろ》食事すべてこの部屋、一歩たりとも外出を許されていないので、不健康でしかたがない。無意味に広い室内を歩き回るのが日課となっている。本映画ゲームなどありとあらゆるインドアの娯楽、望むなら美食も与えられている状況であったが、「外出」と「ネット」の二つだけは、父親から許されていないのだった。

まったく――。

今はもう、怒りを通り越して呆《あき》れている。

哀れですらある。

日本のビジネスシーンにこの人ありと畏怖《いふ》される夏川亮爾《なつかわりょうじ》が、たかが高校生の小娘ひとりを、これほど怖れているなんて。

――所詮《しょせん》は既婚者ね、あの男も。

実の父親に冷淡な評価を下すことに、真涼は躊躇《ためら》いがない。そう、既婚者。セックスで汚れた男。くだらない恋愛脳の眷属《けんぞく》だ。しかも熱愛のすえに破局して妻子《さいし》を放り出すという最低男。尊敬すべきところなどひとかけらもないと断言できる。

ドアのチャイムが鳴った。

壁の時計を見れば、きっかり正午。昼食の時間だ。豪華な食事が三度、運ばれてくる。

今回食事を運んできてくれた黒服は、スキンヘッドの大男である。

「どうぞ」

「ありがとう」

ぶっきらぼうに差し出されるトレイを受け取ると、ずっしり重かった。固形食は基本取らない自分に、食べきれない量が提供されている。今日はいちだんと重い。

大男は静かにドアを閉めて去って行った。無愛想だが、仕事は丁寧なようだ。コックが丹精込めて盛りつけたと思われる料理にいっさいの乱れ、揺れはない。よほど慎重に運んできたのだろう。外見に似合わぬ繊細さが窺《うかが》える。

「………………」

トレイの上で冷めていく料理を眺めながら、真涼は考える。

父親のこと。遊井《あそい》カオルのこと。自演乙《じえんおつ》のこと。そして鋭太《えいた》のことを考えた。世界でただひとりの、真涼の共犯者。恋愛アンチ。彼は今どうしているのか。自分が監禁されていることを、父親から聞いたかもしれない。受験に集中していればいいものを、馬鹿《ばか》なことを企《たくら》んでいなければ良いが。

――まったく。どいつもこいつも。

――自分のことだけ、考えていればいいのに。

思えば、自演乙はそんな人物しかいなかった。千和《ちわ》にせよ、姫香《ひめか》にせよ、愛衣《あい》にせよ、おひとよしにもほどがある。遊井カオルだってそうだ。それぞれに輝かしい個性を持っているのに、くだらない色恋にうつつを抜かすばかりで、自分のことに集中しない。なぜ、みんなそうなのだろう?

「…………。…………」

料理がすっかり冷めてしまうころ、真涼はひとつの結論に達していた。

春咲《はるさき》千和に失望した。

遊井カオルに失望した。

父親に失望した。

恋愛という行為そのものに、あらためて――幻滅を、した。

ならば、どうするか。

自分が為《な》すべきことは、何か。

「……ふふ」

真涼の口元から笑みが零《こぼ》れる。

そんなの、決まってる。

いいや、決まっていた。

自分が取るべき道なんて、ずっと前から定まっていたのだ。いつから? たぶん、鋭太と出会った時から。彼を共犯者にした時から、始まっていた。そう。こんな迷い、悩み、そんなもの、今さらすぎることなのだ。

だからもう、迷わない。

そうすることに、躊躇いはない。

自分は、ひとりではないのだから。

#15 カオルの行き着く先

「ねえ、カオル」

「遊井《あそい》カオル」

「これで、満足した？」


ああ。満足した。

「本当に？」


僕は、ずっと秘めていた感情を鋭太《えいた》たちにぶちまけることができた。

爽快《そうかい》だったよ。

溜《た》めて、溜めて、今まで溜めに溜めていたものを、一気にぶっ放したんだ。

彼らの驚く顔、悲しむ顔を見て、すっとしたんだ。


「気持ち良かった？」


ああ。とても。清々《すがすが》しい気分だったよ。

僕はこんなに苦しんでいたんだ。

私はこんなに、悩んでいたんだ。

僕らはこんなに——哀《かな》しかったんだ。

それを彼らにぶちまけてやることができて、本当に良かったと思う。


「だけど、これでもう、鋭太のそばにはいられない」


復讐《ふくしゅう》の代償ってやつだね。

仕方ないさ。

どのみちいつかは別れる運命だった。僕の気持ちはどんどんふくらんでいたから。孤独なハーレム王への道を突き進む彼のことを、僕はどうしようもなく、好きになっていたから。

時間の問題だったのさ。

ならば、高校生のうちに、爆発《ばくはつ》させてしまった方がいい。

変な希望をもたないうちに。


「あくまで親友として、彼のそばに居続ける選択肢もあったんじゃない？」

それを言う？

それ、言っちゃうの？

ああ、そうだよ。まったく。

君の言う通りさ、カオリ。

恋心を我慢して、彼の親友としてのポジションを堅守していれば、ずっと彼のそばに居られたと思うよ。

「そのほうが、今よりマシだったかもしれないわね」

駄目だよ。

それじゃあ、僕の真実は知ってもらえない。

偽物《にせもの》の自分を、彼のそばで演じ続けなきゃいけない。

それは、無理だよ。

永遠にウソをつき続けるのは、つらい……。

「もうひとつ、道はあったでしょう？」

もうひとつ？

「鋭太にだけでなく、世間に対して、私たちの真実を話すこと」

いわゆる「カミングアウト」かい。

ハハ。それこそ無理だよ。

「無理——かなあ。やっぱり」

世間は厳しいよ。

世間の目は、厳しい。

お爺さまの言ったことは正しい。

男なんだか女なんだかわからない、得体のしれない人間に、羽根《はね》ノ山《やま》の守護を掌《つかさど》る遊井家の当主が務まるわけないじゃないか。

「…………」

これから僕は、立派に「男」を演じていくさ。

鋭太との楽しかった思い出を胸に、彼とは離ればなれで生きていく。

ずっと。君と一人で。

「そのわりに夏川亮爾《なつかわりょうじ》との対決には、私に行かせたわね。カオリが後継者だ、なんて言って」

あれは僕のささやかな反抗さ。

お爺さまに。

さっさと亡くなって、対決することもできなくなったお爺さまに。

「痛恨だったわね」

ああ。

「公園で真那《まな》と約束した、その直後だものね。容態が急変したのは」

役割をひとつ、やめてくる。だったね。

仮にお爺さまが健在だったとしても、どうかな。

あの時の僕に、お爺さまに逆らうことができただろうか。

「……真那。可哀想《かわいそう》なことをしたわね」

知らないよ。
僕を好きになるような女の子のことなんか、知らない。
本当の僕のことを知りもしないくせに。
なにも知らないくせに。

「鋭太だって、知らなかったのに？」

鋭太は特別だよ。
鋭太だけが、特別だった。
誰《だれ》よりも、自分のなかの「カッコイイ」に忠実だった人。
周りから笑われても、馬鹿《ばか》にされても、ずっとそれを貫いていた人。
そして、誰よりも優しい人。

彼のそばでだけ、僕は、僕であることを忘れられた。

男でも女でもなく、彼の「理解者」として、そばにいられたんだ。

「理解者に、性別はいらない。――そうね。間違いないわ」

ああ、楽しかったな。この三年間。

高校三年間。

誤解されがちな彼のそばで、彼を支えることができて、とても楽しかったな。

「それも、もう終わりね」

しかたないさ。

モラトリアムはもう終わり。

高校を卒業すれば、みんな多かれ少なかれ、現実と向き合うことになる。

「違う。あなたが自分で終わらせたのよ」

そう。僕はけじめをつけたのさ。
こんなこと、もう終わりにしなきゃって。
だから、すべてをぶっ壊した。洗いざらいぶちまけてやった。
せいせいしたよ。気持ち良かったよ。すっきりしたよ。

「もう。元には戻れないわ。時は巻き戻せない。このまま卒業して、鋭太と会えなくなって。私たちはずっと、ずっと、高校三年間の何倍もの月日を、生きていくのね」

……もう、言うな。
消えろ。カオリ。
君とも、もう、さよならだ。僕は一人の僕に戻る。
仄暗《ほのぐら》いその場所から、僕の無様《ぶざま》を見物していろ。

「ええそうね」
「さよなら、カオル」

さよなら。

とっとと失《う》せろ。

……。

…………。

…………。

ねえ、カオリ。

「　」

………。

……………………………嫌だ。

嫌だよ。

助けて。

鋭太。

助けて……。

◇

十二月に入り、街はクリスマス気分へと染められていった。

スキーシーズンの始まりでもある。

雪質が良いことで知られる羽根ノ山はかき入れ時を迎える。最近は国内だけではなく、海外からのインバウンドも多い。雪を見たことがない海外観光客にとって、冬の日本でスキーをするというのはひとつのステータスとなるらしい。日本の観光業界としては、その需要を狙《ねら》わない手はない。国内のスキー場はあの手この手で集客合戦を繰り広げており、羽根ノ山も後れを取るわけにはいかないのだった。

つばさグランドホテル。

夏川グループ傘下の企業・つばさリゾートが経営するホテルである。

まだ開業から十年を経ていない。三十三階もの高層ビル。海外の富裕層を狙ったハイクラスな料金設定で、他の近隣ホテルの追随を許さない豪華さと最新設備を誇る。

海外客を主なターゲットとするため、セキュリティには特段の力が入っている。最新機器による監視システムはもちろん、特徴的なのは「人」による警備だ。専任の警備員が十数名常駐して、二十四時間態勢で巡回・監視を行っている。黒服のいかつい男たちが館内を巡回する様は日本人からすれば物々しいと映るが、危機管理に敏感な海外客には頼もしいと映るのだった。

プレミアム・レベル。

他の客室よりも一段上のサービスを提供する最上層エリア。そこにある会議室で、白いスーツの男性と紺のスーツの少年が向かい合っていた。二人の周囲には黒服たちがいて、人垣となって二人を警護している。

「これで、ようやくひと安心だ」

白スーツの男、夏川亮爾は微笑を浮かべた。

ついさっき、お互いの司法書士を帰したばかりである。

「君のお爺さまには、契約締結直前で何度も翻意《ほんい》されてしまっているからねえ。今回も、書類に判を捺《お》す最後の最後までわからないと思っていた」

「用心深いんですね。あなたのお嬢さんと同じで」

淡々と答えたのは、遊井――カオル。

カオリではなく、カオルだ。

この部屋に「カオル」で現れたとき、亮爾は怪訝《けげん》な顔をした。しかし、何も聞いてはこなかった。土地の売買契約書と父からの委任状さえあれば、カオルでもカオリでもどちらでも構わないのであろう。

「真涼《ますず》なら、このホテルで寛《くつろ》いでいるよ」

「渡米したのではないのですか?」

「準備は進めている。それまでここに滞在させているんだ」

「ずいぶん悠長ですね。あなたともあろう人が」

「ここのセキュリティなら安心だよ。カードがないと上がってこられないし、私が信頼する警護のみ配置している。抜け出すことも潜り込むことも不可能だ」

ずいぶんと饒舌《じょうぜつ》になっている。念願かなってご機嫌のようだ。自分が帰ればすぐにここで祝杯をあげるに違いないとカオルは思った。

「君のほうこそ、ずいぶん浮かない顔じゃないか。ん? 若当主」

「……」

「真涼に罰を与えることができて、満足じゃあないのかね?」

カオルは表情を消して答えた。

「詮索《せんさく》は、無用に願います」

「ああ、そうだったそうだった」

亮爾は苦笑して両手を挙げて見せた。

「もとより、私には関係のないことだ。そして、どうでもいいことでもある。君に会うのも今日が最後かな」

「ええ。今後の工事にまつわる細かな調整については、香羽《こうば》商事の担当者が参りますので」

「承知した」

カオルは立ち上がった。もうこれ以上、この男と話をしたくない。すべては終わったのだ。

黒服に案内されてエレベーターへ歩きだそうとした時のことである。亮爾のポケットで携帯電話が鳴った。

「私だ。……何？　いや、そんな話は聞いていない。その連中の画像はあるのか？　カメラの画像を出せ。早く！」

上機嫌だった声のトーンが緊迫したものに変わる。

「こいつらは、賊だ。すぐに拘束しろ。——なに？　もう上に？　馬鹿な‼　お前ら何をしていた⁉」

がちゃん、と床で音がする。カオルは振り返る。立ち上がった亮爾が、テーブルのカップを床に落としたのだ。あわてて駆け寄ってきた黒服を無視して、怒声をあげる。

カオルの胸で、予感めいたものがざわめいた。

——来たんだ。

やっぱり、来たんだ。
奪われし姫君を救い出すために。
英雄が来た。
季堂《きどう》鋭太が、来た！

#16 自演乙、総力戦
＝大修羅場

師走《しわす》に入って、最初の日曜日。

真涼《ますず》奪還作戦を決行する時となった。


作戦はこうだ。


まず、宿泊客を装って普通にホテルへ行く。

あらかじめ、ネットで宿泊予約をした。俺《おれ》と千和《ちわ》、ヒメとあーちゃんの二組だ。もちろん、年齢も名前も偽《いつわ》っている。全員ハタチの大学生という設定で、同じサークル、同じバイト仲間。夏休みからバイトで貯《た》めに貯めたお金でハイクラスなホテルを体験してみようとやってきた。

「バイトのくだり必要？」「誰《だれ》かに話すわけでもないのに？」とあーちゃんは言ったが、必要だ。中2病時代の知恵である。突拍子もないウソをつく時こそ、緻密《ちみつ》な設定が必要なものだ。

俺の恋人役に誰がなるかで、三人はガチ喧嘩《けんか》に発展しかけたのだが、公正なるジャンケンの結果、千和が「付き合ってまだ二週間のホヤホヤカップル、今回は彼氏に誘われてドッキドキの初旅行」の彼女役ということになった。「夏川《なつかわ》と同じになっちゃったね」と、千和は笑った。確かに、偽彼女だ。ちなみにヒメとあーちゃんは「千和のバイト仲間。彼氏争奪戦に敗れて女だけの傷心旅行。ところが偶然、滞在先がかぶってしまい、イチャイチャを見せつけられる地獄旅行に」という設定。今度はヒメまでもが「この設定必要？」と言ったが、うーん、まあ千和が「必要必要！」っていうからしかたなく。

真涼が軟禁されているのは、つばさグランドホテルの最上階の三十三階。

３３３３号室だ。

三十階以上は「プレミアムレベル」と呼ばれるフロアで、いわゆるスイートクラスらしい。ここに泊まる客は三十階にある専用の「プレミアムラウンジ」へと通され、そこで専任のコンシェルジェがついてチェックインをする。現金不可。カード払いのみ。チェックイン時に、クレジットカードを提示しなくてはいけない。

もちろん、クレカなんて持ってません。

真那《まな》から、今はもう使っていないというカードを借りている。真っ黒で何も書かれていない、おどろおどろおどろしいシロモノである。豚さん曰《いわ》く「あー、だいじょうぶだいじょぶ。あの部屋に泊まるよーな連中は、こういうカードが普通だから」。ホントかよ。もう使用していないし名義も異なるので、端末にかければ当然エラーを吐き出す。担当者は照合に手間取るだろう。俺たちはその隙《すき》にラウンジを抜けだし、真涼の泊まる最上階を目指すというわけだ。

羽根《はね》ノ山《やま》駅からローカル線でおよそ一時間、俺たちは最寄り駅の「羽根ノ湖駅」までやってきた。このあたりはもう山岳地帯だから、雪が積もっている。ゲレンデがすぐ近くにあるため、スキーやスノボを担《かつ》いだ客と大勢乗り合わせた。

「でっか！」

素直すぎる感想が、千和の口から漏《も》れた。

駅の改札から出れば、もう目の前がホテルだ。雪景色のなかにあっても白さを感じる「白亜《はくあ》の殿堂」が、広大なゲレンデを背負ってでーんと鎮座している。クリスマスシーズンということでエントランスには豪華なツリーが飾られている。タクシーがひっきりなしに訪れて、ドアボーイが恭《うやうや》しくお辞儀するのが見える。

「な、なんか場違いよね、私たち」

怖《お》じ気《け》づいたようにあーちゃんが言った。確かに、高校生はおろか、大学生が泊まりに来るようなホテルじゃない。学生と思《おぼ》しきスキー集団は、みんな隣にあるふつーの観光ホテルへ吸いこまれていった。

なにしろ超のつく高級ホテルである。プレミアムレベルにはドレスコードもあって、トレーナーにジーンズじゃ入れない。俺は白シャツに紺《こん》のチェスターコート、スラックス。千和は薄い黄色のワンピースに毛皮のコート。ヒメはラメ入りの黒シャツとスカートにファーのついた白のダウンジャケット。あーちゃんは桜色のブラウスにベージュのロングスカート、焦げ茶《こちゃ》色の革ジャケットという装いである。俺はタンスから引っ張り出してきた一張羅で、千和たちのは真那からの借り物であった。

「じゃあ、行くぞ」

三人は緊張した面持《おもも》ちで頷《うなず》いた。俺も多分、似たような顔をしているだろう。他の客はみんな旅のテンションだっていうのに、こんなんじゃ怪しまれる。平常心、平常心と唱えながらロビーへ侵入した。

「いらっしゃいませ」

七三分けの男性スタッフが静かに歩み寄ってきた。

「ご宿泊ですか？」

「ええ、まあ」

「どちらのフロアでしょうか？」

「ぷ、ぷれみ、あむれべる」

男性は白い歯を見せた。

「でしたら、三十階までご案内いたします。こちらへどうぞ」

わざわざ案内してくれるらしい。……いや、これもセキュリティの一環なのだろう。案内兼監視というわけだ。

エレベーターに乗り込んで、三十階に上がる。

ドアが開くなり、とても良い香りが鼻をくすぐってきた。「シトラス。いい香りね」。あーちゃんがため息をもらす。館内の至るところに大きな花が活《い》けられている。「うちよりすごい」と、ヒメが目を丸くしている。

ふっかふかの床を踏みしめながら、テーブルに通される。すかさずウェルカムドリンクの注文を聞かれる。俺が掠《かす》れた声で「ぶ、ブレンド」というと、すかさず三人が「同じので」と唱和する。ハイソな雰囲気に、完全にビビッてる庶民四人組である。

俺達についてくれたコンシェルジェは、感じの良い三十代前半くらいのお姉さんだった。美人というほどではないが、笑顔が素敵でイヤミがない。この人を騙《だま》すのかと思うと、ちょっと良心が痛んだ。

「ご宿泊ありがとうございます。木島《きじま》様と春上《はるかみ》様、秋野《あきの》様と冬山《ふゆやま》様でいらっしゃいますね」

「は、はあ」

「恐れ入りますが、代表者様のクレジットカードのご登録をいただきます。現時点でお支払いが発生することはなく、チェックアウトの際にご精算となります」

「あ、はい。僕のでお願いします。四人分二組、まとめて」

カードを出す時、ちょっと手が震えてしまった。本当に大丈夫だろうか？　このカード、まさか玩具じゃないだろうな……。

「ありがとうございます、お預かりいたします」

俺は金持ちのボンボンである。

今回、このホテルに泊まるにあたり、このカードを家族会員制度にて発行してもらった。

親父《おやじ》の口座から料金が落ちるのだが、使ったぶんは後でちゃんと返さなくてはならない。親父は一代で巨大な財を為《な》した土建屋で、息子にも容赦《ようしゃ》なく厳しいのである。――と、いう設定。……なんか、すでにバイト云々《うんぬん》の設定が崩壊しているような気もするけれど、まぁ、いい。ひとまずこの瞬間バレなきゃなんでもいい。

コンシェルジェが俺たちに背を向けた。

さっと視線をラウンジに走らせれば、いかつい体躯《たいく》を黒いスーツに包んだ大男たちの姿が見える。観葉植物のそばに一人。エレベーターの近くに一人。カウンター横に一人。バイキング式の軽食コーナーに一人。合計四人が、このフロアに詰めているようだ。

「えーくん。パン取りに行っちゃだめ？」

「駄目」

こんな時でも食欲を発揮するチワワさん。ちょうどクロワッサンが焼き上がったところらしく、コック帽をかぶったおじさんが香ばしい匂《にお》いを振りまきながら軽食コーナーに置いていった。何人かの客が取りに行き、黒服たちの注意も自然、そっちに引き寄せられた。

チャンスだ。

「走るぞっ」

「え、今⁉　もう⁉」

あーちゃんがあわてている。打ち合わせではこの後のタイミングだったが、チャンスなんだからしかたない。俺たちは荷物を腹に抱えて猛然とダッシュした。目指すはエレベーター。プレミアムレベルへの宿泊者専用のエレベーターだ。

「お客様!?」

コンシェルジェの声がする。

「お部屋にはこれからご案内いたしますので、お待ちください！　そのエレベーターはカードがないと動きません！」

知ってる。宿泊者に渡されるＩＤカードを差し込まないと、エレベーターは動かないのだ。だが、俺の手にはそのカードがある。プレミアムレベルのマスターキー。真那が用意してくれたものだ。

昇降ボタンの位置にカードをかざすと、ポーンと音がして扉が開いた。

血相を変えた黒服が追いかけてくる。

千和がボタンをたたき割る勢いで三十三階を押す。

その丸太のような腕が俺たちに届くその前に、扉が閉まった。

「か、間一髪……っ」

音もなく上昇を始めたエレベーター内で、ヒメが壁に寄りかかる。

「もうタッくん！　いきなり合図しないでよ、びっくりするじゃない！」

「臨機応変だって言っただろ」

あーちゃんの文句を受け流しながら、俺はバッグのファスナーを開けた。

「そんなことよりお前ら、コート脱げ。扉が開いたらすぐにダッシュするぞ」

バッグも上着もここに置いていく。どれも高級品だが、真那はそれでいいと言っていた。

俺たちは身軽になって、真涼の滞在する３３３号室を目指す。ドアはマスターキーで開くはずだが、保証はできないとも言っていた。「昨日までならこれでＯＫのはずだけど、もし、変更かけられてたらアウトよ」。こういうセキュリティは、定期的に変更されるのが常だ。もし、それが今日だったら、真涼を目前にしてドアは開かないというマヌケな結果になる。

しかし、こうなったらやるしかない。

出たとこ勝負なのだ。

「タッくんは着替えるの？」

「ああ」

他の三人のバッグは空《から》、ただの変装道具のひとつだが、俺は用意してきたものがある。

白いハチマキ。赤マジックで「滅殺」と書かれている。

黒く染め上げた軍手。指の部分を切って「指ぬき」にしてある。

そして闇《やみ》を纏《まと》うかのような漆黒のマント。風呂敷《ふろしき》を改造したものだ。

完全装備《フル》であればここに邪竜滅殺剣《ドラグプニール》という名の物干し竿《ざお》も加わるのだが、さすがにそれは持ってこられなかった。許せ、愛刀。

「うわ。懐《なつ》かしっ」

千和が声をあげた。

そう、これは「暁の聖竜騎士《バーニング・ファイティング・ファイター》」がまといし装備である。

中学時代、中2病真《ま》っ只中《ただなか》にあった俺が身につけて登校し、しょっちゅう生活指導室のお世話になっていた頃《ころ》のものだった。

「おお、まさに伝説の勇者の姿っ……!!」

マイスイーテスト・ヒメがおめめをキラキラさせて感動してくれている一方で、

「ええ……。ちょっとタッくん、やめてよ悪ふざけは。ていうかそのマント、長すぎない？　自分で踏んづけちゃわない？」

と、風紀委員は現実的な反応をしてくれる。そうだネ。気をつけるヨ。

「千和。ヒメ。覚えてるか？　一年の六月ごろ、千和を助けるために『暁の聖竜《バーニング・ファイティング・》騎士《ファイター》』を演じたの」

二人はもちろん！　と頷いた。

「あのデュクシデュクシってやつでしょ？」

「ポイントEKMEでの聖戦。今でも瞼《まぶた》に焼き付いてる」

あの時、千和を騙して（お互い様なのだが）偽デートに誘った坂上《さかがみ》兄を成敗するため、
俺はかつての「中2病」の姿を演じた。場所は駅前広場。大勢の人が、そして真涼が見てい

る前で、暁の聖竜騎士《バーニング・ファイティング・ファイター》となって不良どもと戦い、奴《やつ》らを撃退（恥ずかしくなって退散したただけ）することに成功したのだ。

「あの時は、曲がりなりにも勝ったからな。今回も、験担《げんかつ》ぎさ」

千和を助けるために。

そして今度は、真涼を助けるために。

それと、もうひとり。

こんな馬鹿《ばか》やってた中学時代の俺と、友達でいてくれた、あいつのためにも……。

「やっぱり、その格好のえーくんが一番かっこいいよ」

まぶしそうに千和が言った。いつもなら反発するところだが、「そうかもしれない」と思った。少なくとも、当時の俺に怖いものなんかなかった。自分自身の「かっこいい」を疑わずにいられた。

ああ、かつての俺よ。

今の俺に勇気を貸してくれ。

「ドア、開くわよ」

あーちゃんが硬い声で言った。

千和が鋭い目つきでドアをにらみ、ダッシュの体勢を取る。

ヒメが俺の隣にぴったり寄り添い、「暁の聖竜姫《バーニング・プリン・プリンセス》、お供いたす」と囁《ささや》いてくれる。

俺は大きく息を吸いこみ、軍手をはめた手で握《にぎ》り拳《こぶし》を作って——。

「とつげきぃいいいいいいいいいいいいいいい!!」

扉が開くと同時に、ダッシュした。

目の前に巨漢の黒服が現れ、大きく手を広げて通せんぼしてきた。俺はその分厚い胸板《むないた》に激突し、尻餅《しりもち》をつく。そばにいたヒメもあーちゃんも同じくコケてしまう。いきなりの大失態。出鼻をくじかれ、三人そろって床に転がる。

だが、千和は違う。

小柄な体軀《たいく》を活かして丸太のような腕をかいくぐり、黒服の背後に回った。手にしているのは、伸縮自在の護身用警棒。リス子が漫画の資料用にと持っていたものを、貸してくれたのだ。

「せぇえええええええええええええいッッッ!!」

裂帛《れっぱく》の気迫とともに振り下ろされた警棒が黒服の後頭部を叩《たた》く。巨大冷蔵庫みたいな大男が一撃で昏倒《こんとう》し、前のめりに倒れた。さすが、剣豪チワワ。ネットを騒がせた☆6タンポポの面目躍如《めんもくやくじょ》だ。

「まだまだ来るよ！」

他の黒服たち四人がこっちに駆けてくる。下の階から連絡が来ていたのだろう。迷宮のゴブリンよろしくわらわら湧《わ》いてくる。おそらくもっと応援が来る。今のうちに、真涼の部屋まで辿《たど》り着かなくてはならない。

真那に見せてもらったマップによれば、目指す３３３号室はこの階の南端にある。エレベーターを出たら右に行って、長い廊下を道なりに進み、貸し会議室の前を通ったら辿り着く。「徒歩三分くらい」と真那は言っていた。屋内なのに単位が徒歩って。まったく、とんでもない宮殿だ。

ヒメが叫んだ。

「みんな！　ここはわたしに任せて先に行って‼」

俺も叫び返す。

「ヒメ！」

「わたしがこの場を食い止める。みんなは先に進んで！　早く！　ここはわたしに任せて！」

「いや、だけど」

「気遣いは不要！　戦場での気遣いは戦士にとって侮辱！　さあ、ここはわたしに任せて！」

「ちょっと待て」

「その代わり約束！　必ず会長を助けて帰るって。ここはわたしに任せて！　さあ行って！」

「……っ」

　迫真の表情だ。

　物静かなヒメが見せるすさまじい気迫と大声に黒服たちが気圧《けお》されている。千和は「ヒメっち……！」なんて感動して瞳《ひとみ》をウルウルさせている。

　だが、俺にはわかる。

　ヒメ、お前は、お前ってやつは……。

「ここは任せて先に行けって、言いたいだけだろ？」

「…………」

　なんかかっこいいもんなその台詞《せりふ》。うん。俺もできれば言いたいよ。

　ヒメは俺からすっと目を逸《そ》らした。やはり図星か。

「暁の聖竜姫《バーニング・プリンン・プリンセス》、これより地獄の旅路へと参る！　我が闇の炎に抱かれて眠るが良い、小童《こわっぱ》ども！　もう拳骨《げんこつ》ではすまさんぞ！」

　などと、おそらく昨夜好きな漫画を読み返していろいろパクってしまったと思われる口上を叫びながら、黒服たちへ突進した。そして見事にすってんころりん。柔道で言うところの出足払いに引っかかってコケて、あえなく御用となった。

「さあ！　ここはわたしに任せて！」

「任せられないけど、わかった!!」

何かやり遂げた顔をしているヒメを尻目《しりめ》に、俺たちは走り出す。ともあれ、ヒメのおかげでこっちが手薄になった。右の通路めがけて三人で走る。

残りの黒服三人が追いかけてくる。

体がでかいから一歩がでかい。すぐに追いつかれそうだ！

「こうなりゃヤケよ、もうっ！」

後ろにいたあーちゃんが俺と千和を追い越した。速い。速い速い。何気に足が速いあーちゃん。一年の夏期講習のときに予備校で追いかけっこして以来の俊足だ。

「おそと、はしってくるうううううううううううううう!!」

……と、定番かつ久方ぶりの台詞を叫んだ。なんだそれ。それ言うと速くなるのか？　そもそもここは屋内なのだが。

そのまま世界の果てまで駆け抜けるかと思いきや、

「からの、どーーーーーーーーーーーーーーーーーーーーーーーーん!!」

いきなり急停止、からの、急旋回。

逆方向に駆けていって、すぐ後ろに迫っていた黒服に体当たりをかました。

「タッくん、あとは頼むわよ!!」

ヒメみたいな台詞を吐きながら、あーちゃんは黒服に拘束された。ありがとう愛戦士。尊い犠牲を無駄にはしない。

そう、犠牲。

ここまでは計画通りなのである。

剣道という武器を持つ千和と、いちおう男である俺と違って、ヒメとあーちゃんは戦力にならない。足手まといは承知でついてきたのである。「私たちを捕まえてるあいだは、タックんのほうが手薄になるでしょ？」と言って。最初から犠牲になるつもりで、ついてきたのだ。

残る黒服二人は、あーちゃんのタックルのせいで体勢を崩している。千和と俺はさらに進む。これならイケる。間に合う。追いつかれる前に真涼の部屋へ辿り着ける！

だが、そうは問屋が卸《おろ》さない。

俺たちの行く手で扉が開いた。会議室のドアだ。「大事な商談や契約なんかにパパがよく使ってる」と真那は言っていた。

そこから出てきたのは、白いスーツのイヤミな中年男。

「やはり、君たちか」

夏川グループの総帥《そうすい》は、忌々《いまいま》しげにそう吐き捨てた。部屋からまたもや湧いてきた黒服七名を従えている。

黒服の一人が飛びかかろうとしたが、千和が警棒を構えて「キェェエエエエエエェッツッ！」

と叫ぶと踏みとどまった。気迫で牽制《けんせい》したのだ。向こうも武道を修めたプロだから、千和の腕前がわかるのだろう。

「まったく悪ふざけがすぎるな」

親父は余裕ぶってはいるが、声が上擦り口角がひくついている。あきらかに苛立《いらだ》っていた。

こいつがここにいるのは想定外である。だが、やることは変わらない。むしろ手間が省《はぶ》けたとも言える。この親父とは決着をつけねばならないのだ。

「真涼を取り返しにきたというところかい？　漫画みたいな話だねえ。大人をそんな戯《ざ》れ言《ごと》に付き合わせるものじゃない。今なら目をつむるから、おとなしく帰りたまえ」

「おっさん。あんたは嘘《うそ》をついたな」

「何？」

眉《まゆ》を吊《つ》り上《あ》げる親父に向かって、俺は冷笑を叩きつけた。

「真涼はもうアメリカだ、ここにはいないなんて言っておいてさ。実際はこのホテルに軟禁してたんじゃないか。嘘つきめ」

「手続きが遅れただけだ。明日には終わる」

「嘘をついたのは、怖れていたからだろう？　俺たちが真涼を取り戻しに来るんじゃないかって、ビビッてたんだろう？　だから嘘をついたんだ。違うか？」

親父は大げさに肩をすくめ、それから携帯電話を取り出した。

「君はよほど、犯罪者になりたいようだね。いいだろう。この場で警察に連絡させてもらう。学校にも当然伝わる。君の大学受験もこれでパァだな」

「いいのか？　警察沙汰《ざた》にして」

スマホに触れようとした親父の指が止まる。

「そしたら真涼のことも俺はしゃべるぞ。真涼にここに呼ばれたって。真涼にここに潜入するよう手引きされたって。そしたら真涼も『共犯者』だ。一緒にお縄ってことになるんじゃないのか？　これからいいとこの坊《ぼっ》ちゃんとお見合いさせようっていう娘が、犯罪者になるかもしれない。いいのか？」

こんなものは当然ハッタリである。

真涼からは連絡を受けてない。ネットから隔絶された環境にいるはずだ。

しかし、それでもこのハッタリは効果があると信じる。

「ふん。そうならないよう手は打つ。私は県警にもパイプはあるんだ」

「どうかな？　警察にもいるかもしれないぜ。頭の固い石部金吉《いしべきんきち》が」

「……っ……」

親父の指は停止したままだ。

そうだろう。あんたは娘と同じで、用心深い。大きな計画であればあるほど石橋を叩いて渡る周到さを見せる。ならば、そんな危険は犯せないはず。真涼がなんらかの方法で俺に連絡した可能性。神通《じんずう》大医学部の副部長みたいに、権力に媚《こ》びないやつが警察にいるかもしれない可能性。どうしても考慮してしまうはずだ。

だから、次の親父の行動はこうなる。

「その二人を、拘束しろ!!」

そう。結局はこうなる。自分の力だけを頼ることになる。

だったら、もう、あとは暴《あば》れるだけだ！

「うおおおッッッ!!」

ああ。

ああ――気持ちがいいなあ！

「おおおおおおおおおおおおおおおおおおおおおおおお真涼ぅぅぅぅぅぅぅぅぅぅぅぅぅ居るなら返事しろおおおおおおおおおおおおおおおおおおおおおおおおおおおおおお!!」

気持ちいいなあ。マンガみたいなセリフを、思いっきり叫ぶのは。

なあヒメ。俺も同じだ。

結局こういうの——やめられないんだよなあ!!

「何してる、さっさとかかれ!!」

苛立《いらだ》った親父が、躊躇《ちゅうちょ》する黒服に呼びかけた。いいねえ、それ。時代劇の悪代官みたいなセリフ。まさに「悪」ってカンジでいいよいいよ!

「えーくんっ、二人いったよ!」

俺の左右から黒服二人が同時に飛びかかってきた。挟み撃ちだ。千和も二人を相手にしている最中だ。俺ひとりで切り抜けなくてはならない。

望むところだ。

今日は相棒「邪竜滅殺剣《ドラグプニール》」の持ち合わせはないが、「滅殺破裂拳《めっさつはれつけん》」がある。邪竜族《ワイバーン》の一個師団をたった五分で壊滅できる拳だ。

「デュクシ! デュクシデュクシ!」

響き渡る炸裂《さくれつ》音!

触れるものを分子レベルまで分解する闇を纏う拳が黒服の腹筋に打ち込まれる!

打つ! 打つ! 打つぅ!!

どうだ参ったか! 痛いだろ! 泣け! わめけ! もがけ!

「っ、があっ……」

その苦痛の声は、俺の口から漏れていた。

……あれ？

おかしいな。

必殺技が炸裂したはずなのに。

どうして俺の右頬《みぎほお》に痛みがあるんだ？

続いて腹にも衝撃と痛みが走り、俺は身体を前に折り曲げた。正面から分厚い肉の塊が迫ってくる。俺を捕えようと腕を伸ばす。どうにか身を屈めて、前へと進む。真涼が囚《とら》われた部屋へと向かう。

「えーくんっ！」

千和の声が床から聞こえた。押さえつけられ、二人の男に背中からのしかかられて身動きできなくされた千和の姿が視界の端に映った。警棒が手から離れている。親父の革靴のつま先で蹴《け》飛《と》ばされ、俺のところまで転がってきた。

「えーくん、行けえっ！　早くっ！」

言われるまでもない。

自演乙《じえんおつ》に、俺が手を差し伸べなきゃ立ち上がれないやつなんて一人もいない。歯を食いしばって勝手に立ち上がってくるやつらばかりだ。だから、俺は行く。行くんだ。

走れ、

走れ、鋭太《えいた》！

「っ……う……」

今度は左頬を殴られた。

視界が上下に激しく揺れて、ぐわんぐわんと脳みそが揺れる。ダメージが膝《ひざ》にきているのだ。もうまっすぐ歩けなくなっている。くらくら、床も壁も天井《てんじょう》も揺れてる。

「早く！　拘束しろ‼」

親父の怒鳴り声が聞こえた。

……だめなのか？

もう、ここで、終わりなのか？

辿り着けないのか？

後ろから羽交い締めにされる。「放せ！」。手足をばたばた、せいいっぱい動かした。だが、びくともしない。駄目だ、動けない、動けない、もう、これで——。


その時だった。


ふっ、と締め付けが弱くなった。俺は最後の力を振り絞って抗《あらが》い、どうにか脱出した。

床を転がって距離を取り、壁に手をつきながら立ち上がった。

振り向けば、そこにはスキンヘッドが輝いていた。

黒服たちの前に立《た》ち塞《ふさ》がるようにして、照明にその禿頭《とくとう》を光らせている。巨漢揃《そろ》いの黒服たちのなかでも、さらに頭ひとつほどでかい。筋骨隆々《きんこつりゅうりゅう》とした身体を同じ黒服に包んでいるのだが、彼らとは違って「飼い犬」には醸《かも》し出《だ》せない鋭い眼光を放っていた。

「安岡《やすおか》さん⁉」

真那の付き人である。

かつて自演乙の部室に乗り込み、ヒメのことを馬鹿にした真那に飛びかかろうとした俺を、ちょうど今の黒服たちのように叩きのめした。

いわば、かつての敵である。

それが、なぜ……。

「真那から頼まれたんですか⁉」

「いいや。俺の独断だ」

低い声で告げると、近くにいた黒服を思い切り殴りつけた。巨体が紙くずみたいに吹っ飛び、壁に叩きつけられて気を失う。すさまじいパンチだった。

「二年前の罪滅ぼしをする機会だと思ってな。あの時は悪かった」

スキンヘッドの迫力に押されて、黒服たちが後ずさる。

親父が醜く顔を歪《ゆが》ませて言った。

「なんのつもりだい？　安岡くん」

「申し訳ありません。会長」

「黒服の中でも、君には特別目をかけていた。信頼していた。だから真那の付き人にしてやったんだぞ」

「その通り。私は真那お嬢様にお仕《つか》えするものです。あなたではありません」

「給料を出しているのは私だが？」

「ご存じないのですか。人の忠誠心というものは、金では買えないのですよ」

すさまじい声で、安岡さんが吠《ほ》えた。

「行け高校生‼　あの時の根性、また見せてみろ‼」

「おおおおおおおおっ‼」

応《こた》えて吠えて、俺は駆け出した。千和の落とした警棒を拾い上げる。これはバトンだ。ヒメが、あーちゃんが、千和がつないでくれたバトン。これで困難を切り拓《ひら》く。真涼を助ける。

行く手に黒服の姿は見えない。

真涼の部屋まであと少し。

そこの突き当たりの角を曲がって、一番端まで行けば、目指す扉があるはずだ。

走って、走って、走って……。

遠くに白い明かりが見える。

突き当たりの窓から差し込む光、外に積もった雪の放つ光だ。

それに照らされて、人影がある。

それは少年？

いや、少女？

濃紺のスーツに身を包む華奢《きゃしゃ》な人物が、俺を待ち受けるようにドアの前に立っていた。


「来たんだね、鋭太」


遊井《あそい》カオル。

俺の親友がそこに立っていた。

どうしてここに、という言葉を俺は呑《の》み込《こ》んだ。今日は、決着がつく日らしい。いろいろなことに。だったら、カオルだってここにいなきゃ嘘だろう。

白い光のなかで俺は親友と向かい合った。

「懐かしいね、その格好」

暁の聖竜騎士《バーニング・ファイティング・ファイター》と化している俺を見て、カオルは微笑《ほほえ》んだ。

「そこまでして……そうまでして、助けるのかい。夏川真涼を。君を利用した女を」

「ああ」

「何故《なぜ》？　彼女が好きだから？」

俺はひと呼吸おいて答えた。

「千和。真涼。ヒメ。あーちゃん。俺はこの四人のうち、誰ひとり犠牲にしちゃいけないって思うんだ。誰ひとり欠けちゃいけない。泣かせちゃいけない。誰かひとりを犠牲にして成り立つハーレムなんて、もうハーレムじゃない。そんなのはただの『四股《よんまた》』だ。だから五人で笑う。五人で生きる。そうじゃなきゃ駄目なんだ、俺の楽園《ハーレム》は……」

「そうか」

カオルはまた微笑した。

その微笑は儚《はかな》げで、そして寂《さび》しそうに見えた。

「僕も、その中に入りたかったよ」

「…………」

「鋭太。この前、公園で言ってたよね。僕のこと話してくれって。いいよ。話してあげる。ひとことで済む話さ。僕はね――ホモなんだよ」

カオルは、にやあっ、と唇を歪ませた。悪、いや、「偽悪」の笑みだった。

LGBTや、ゲイではなく。

わざと、「ホモ」という、通俗的な言葉のほうを用いたことに、それが表れているように思えた。自分の心をナイフで滅多刺《めったざ》しするみたいに。

「女の子じゃなくて、男の子が好きなのさ。気持ち悪いだろ。キモイだろ。ははは。鋭太。君のことも狙《ねら》ってたんだよ。僕のことなんてそれだけさ。ただそれだけ。カッコ悪いホモがひとりいるだけ。ははは……」

カフェであーちゃんから聞いた話と、その話の内容は矛盾していた。

おそらく嘘をついている。

俺に嫌われるために。わざと。

だが――。


「甘いぜ、親友」

俺も負けじと、口角を吊り上げる。

美形のカオルと違って、まったく様にならない。

「見てくれよ、この格好。ビョーキ全開だ。中学の時、俺が周りからどう言われてたかお前なら知ってるだろ？　『季堂《きどう》キモい』『なんかわからんけどキモイ』ってな。キモさなら俺に勝てるやつはいねえよ。ホモだからキモイ？　カッコ悪い？　はは、イケメン様が何言ってんだか。ブサメン代表の俺に謝ってくれ」

「……鋭太……」

カオルの表情から偽悪が消えた。

「でもさ、俺、あの頃《ころ》はかっこいいと思ってたんだ。かっこいいと思って、モテると思ってやってたんだよ。全然駄目だったけどさ。……そんな俺と親友になってくれたのは、お前だけだった」

その時、足音が聞こえてきた。

遠目にも顔を腫《は》らした黒服が一人、こちらに向かってくる。安岡さんの妨害を振り切ってきたのか。フラフラでヨロヨロだが、それでも俺一人殴り倒すくらいわけはないだろう。

「近づくんじゃねえ！」

警棒を構えて、黒服に怒鳴った。もちろん、やつは動きを止めない。腫れた頬には馬鹿にしたように笑みを浮かべている。俺のことを完全に雑魚《ざこ》だと踏んでいるのだろう。その判断は正しい。

ただし、ただの雑魚ではない。

妄想《もうそう》する雑魚。

自分を英雄だと思い込んでいる雑魚だ。

『荒ぶる鷹《たか》のポーズ』をびしっ、とキメて叫ぶ。

「オレの真名《まな》は暁の聖竜騎士《バーニング・ファイティング・ファイター》！　ランクSのエリート魔族より強いランクZZZ《トリプルゼータ》だが、まだ本気出してないからD。真の力を解放すると無数の並行宇宙を片手で薙《な》ぎ払《はら》ってしまう存在！　邪竜族《ワイバーン》どもめ、高額迷彩で上手《うま》く隠れたつもりだろうが、オレの紋章はごまかせないぜ。たとえどこに隠れていようと、幻痛《いたみ》がお前たちの実体《リアル》を視覚化《リアリティ》でござるよ……！」

黒服の足がぴたりと止まり、顔に怯《おび》えるような色が走った。

怖がったのではない。

キモがったのである。

そりゃそうだ。鏡で見たことはないが、おそらく俺の目は完全にヤベー奴のそれのはずだ。あの時EKMEで、坂上兄にも言われたもんな。「こ、こいつキメぇ！」「やばくね？　目がイッてるぞ」って。

「……だろ？」

俺はカオルに笑ってみせた。

「見ろよ。キモがって近づかねえじゃねえか。キモイいうなら、俺が一番キモイ。この世に俺よりキモイやつなんて、いるはずがねえよ」

背後でまた足音がした。

懲《こ》りずに近づいて来ようとした黒服を一喝する。

「来るんじゃねえ！　ウンコするぞ‼」

黒服は表情を消してのっしのっしと近づいてくる。当然だった。こんなこけおどし、二度も通じるはずがない。大人は子供の妄想に付き合わない。

「ぐっ……」

岩のように硬い拳が俺の鳩尾《みぞおち》に打ち込まれた。

足が軽く浮き上がるほどの威力に、胃が体の内側でジャンプしたのがわかった。更にもう一発。手から警棒が落ちる。膝がかくんと折れ曲がる。俺の意志とは関係なく、体が床に倒れていった。

「っ、あ……」

痛い。苦しい。息が、できない。

このまま気絶してしまいたい。

でも駄目だ。

頼むから、最後まで言わせてくれ……。

「なあカオル。本当にキモイのは、カッコ悪いのは、俺だよ」

堪《こら》えきれない嗚咽《おえつ》が、喉《のど》へとこみ上げた。

黒服にのしかかられて、這《は》いつくばりながら、どうにか声を搾り出した。

「親友が、こんな苦しんでるのに気づかないなんて……カッコ悪い……」

「鋭太……」

「カッコわりぃ。俺、マジカッコ悪いよ。ごめんカオル。ずっとそばにいたのに。ずっと優しくしてくれてたのに。気づいてやれなくてごめん……ごめん……」

その時、カオルの表情に何かが生まれた。

警棒を拾い上げる。

俺を押さえつけるため無防備になっている黒服の背後に立つ。

一瞬、躊躇《ためら》った後——。


「でゅくし！　でゅくしでゅくし!!」


警棒が三度、振り下ろされた。

細腕のカオルだから、千和のようにはいかない。黒服はすぐに振り向いて、抵抗しようとした。カオルは更に打ち込んだ。四発、五発目で、黒服は苦痛の声をあげながら床に転がり、うずくまってしまった。

「カオル……」

肩で息をしている汗まみれの親友を、俺は呆然《ぼうぜん》と見上げた。

カオルは泣き笑いのような表情を浮かべている。

「はは。鋭太の必殺技、パクッちゃったよ」

「……意外と、楽しいだろ？」

「うん。楽しいね。それに——かっこいいよ。やっぱり」

豪華な絨毯《じゅうたん》で覆《おお》われた床に、ぽたぽたと、二つのシミが刻まれていく。

「かっこいいなんて、こと、あるかよ」

馬鹿だな、カオル。

誰がどう見たってカッコ悪い。

大の男が二人して、涙で顔をベトベトにしてるんだから。

「なに泣いてるんだよぉ、カオル」

「鋭太、こそ」

「必殺技を放った後は、びしっと、キメるもんなんだよ。泣いてたら、カッコつかねえだろ」

「いいよ。いいんだよ。僕は鋭太がカッコイイなら、それでいいんだ」

「かっこよくねえよおおおおおおおおおお」

「かっこいいよおおおおおおおおおおおお」

静かな廊下に、親友の慟哭《どうこく》が木霊《こだま》した。

ひとつの終わりを告げる声だった。

#17 よみがえる悪魔

泣き崩れた親友の頭を抱きかかえて、しばらく後ろ髪を撫《な》でていた。

シャツの胸元《むなもと》を濡《ぬ》らす涙のぬくもりを感じながら、俺《おれ》はひとつの大きな氷が溶け去って行くのを感じた。


そして、あとひとつ——。


目の前のドアを開けて、中にいるはずの真涼《ますず》を救い出す。

「カオル」

親友の肩を叩《たた》いて、俺は言った。

「最後にひと仕事してくる」

「……うん」

泣きはらした目で頷《うなず》くカオルの肩をもう一度叩いて、俺は立ち上がった。

真那《まな》から受け取ったカードキーをポケットから取り出す。

セキュリティが変更されていなければ、これで開くはずだ。

俺の仕事はそこまで。

どうやってここを逃げるかは、悪の帝王様に考えてもらおう。もう俺はヘトヘトだ。丸投げしよう。

指の間に挟んだカードを持ち上げる。

ドアの把手《とって》部分にある機械にかざそうとした、その刹那《せつな》――。

「……へ？」

ドアが開いた。

カギが開いた――んじゃなくて、ドアが開いた。向こう側から。

そういう仕組みなのか？　カギを開けたらドアが自動的に開くシステムなんだろうか。

ええと、まあ、ともかく、開いたんだから――。


「あら、鋭太《えいた》」


ドアの中から、真涼が現れた。

銀色のドレス姿である。三月のパチレモンイベントで着ていたのと同じだ。真涼はプロデューサーとしてオフィシャルな場に出る時、この服装を好んで着る。手にはスーツケースを提《さ》げている。仕事に出かける装いだ。

ただひとつ異なるのは――。

表情が冷たい。

いや、冷たいのはいつもそうなのだが、なんだか違う。雰囲気が異なる。他人を拒絶する冷たいオーラが感じられる。まるで、最初に出会った頃《ころ》のような。

「何してるの？　こんなところで」

「いや、何って……お前がここに捕まってるっていうから、助けに来たんだ」

「ふうん。それはそれは、ご苦労様」

邪魔だとばかりに俺を押しのけて、真涼は部屋の外に出た。

「厚意を無駄にするようで悪いけど、もう助けは間に合ってるわ」

俺はぽかん、と口を開けた。

「お前、自力でカギを開けたのか⁉　どうやって？」

廊下の向こうから足音が聞こえてきた。

夏川亮爾《なつかわりょうじ》がこちらに向かって駆けてきていた。いつも丁寧に整えている髪は乱れ、白いスーツも乱れている。安岡《やすおか》さんからどうにかこうにか、逃げ出してきたらしい。日頃《ひごろ》あまり運動しないのか、息がぜえぜえと上がっている。

「真涼……ど、どうやって……」

牢獄から脱出した娘を見て、親父《おやじ》は立ち尽くした。

真涼は事も無げに答えた。

「さっきフロントに内線でセキュリティを解除させせました。近々、このホテルのオーナーになる者として」

「何を馬鹿《ばか》な。ここの所有者はつばさリゾート。我が夏川グループの傘下だぞ」

「ごもっともです。でもねお父さん。あなたは何十とあるグループ企業すべての経営を、株式を、コントロールできているの？　掌握《しょうあく》できているの？　誰《だれ》も信用していないあなたには、有能な腹心がついていない。だから——無理よねえ？」

母親譲りの美貌《びぼう》に、嘲《あざけ》りが浮かんだ。

「お父さん。あなた、最近ずっと浮かれていたでしょう？　遊井家《あそいけ》の土地をようやく手に入れられたことで、この私を閉じ込めていたことで、浮かれてたのよね？　いち傘下企業についての報告なんて、右から左へ流してたでしょう？　だから足元をすくわれるのよ」

その時、新たな足音が聞こえてきた。

廊下を歩いてくる、小柄な女性の姿がある。それは俺もよく知っている顔だった。ただ、いつもと違ってびしっとしたスーツ姿である。この人のこんなちゃんとした格好、初めて見る。

「どうもどーも、どうもですー」

場違いな明るい声を、パチレモン編集長・水木《みずき》みかんさんは響かせた。

「言いつけ通り、お迎えにあがりましたですよ。サマリバさん。じゃなくて、夏川社長」

「ありがとう。常務」

いま、真涼のことを「社長」と呼んだか？

常務って？

いや、それ以前に、

「どうやってみかんさんと連絡取ったんだよ⁉　スマホとかネットとか、取り上げられてたんじゃないのか⁉」

「鋭太」

真涼は冷たい目で俺をにらんだ。

「つまらないこと言わないで。あなたは、あなたにならわかるでしょう？　私が何者なのか。あなただけは知ってるでしょう？」

「……⁉」

いや、わからん。

あまりの事態の変化に頭が追いつかない。

それはこの場にいる誰もが同じようで、カオルは大きく口を開けたままだし、みかんさんも「あれ、なんかお邪魔でした？」と首を傾《かし》げているし。

そして親父は、必死にスマホを弄《いじ》っていた。

その目が血走っている。何度もフリックして、タップして――やがて、その顔に驚愕《きょうがく》が広がり、絶望したように叫んだ。

「俊英社《しゅんえいしゃ》の買収かッ！」

日本有数の大出版社の名前を、親父は口にした。人気漫画「アルカナ・ドラゴンズ」の掲載誌、少年誌の王様である週刊少年ジャイブを擁し、パチレモンと業務提携をしていたはずだ。

「ご名答」

真涼は言った。

「私がパチレモンのことだけを、俊英社と話し合ってると思っていたのかしら？　今年からずっと東京《とうきょう》と羽根《はね》ノ山《やま》を忙しく往復していたのは、雑誌の打ち合わせだけではなかったということよ。つばさリゾートの買収を共同で画策していたの。俊英社が出版以外に、不動産業でかなりの収益がある企業だって、知ってるわよねお父さん？」

「……そんな……馬鹿な……」

親父ががっくりとうなだれる。この傲岸不遜《ごうがんふそん》な男の、初めて見せる挫折《ざせつ》の顔だった。

「つ、つまりこういうことか？」

俺は問うた。

「お前は俊英社と手を組んで、会社を買収してこのホテルを手に入れてしまった。その権限でここのカギをスタッフに開けさせたって——そういうことなのか？」

まさかそこまで力を付けていたなんて。

そこまで、企《たくら》んでいたなんて。

この前、千和《ちわ》が言った通りだ。『もし夏川が仕事も学校も休んで、お父さんのところにいるんだとしたら、それは夏川が自分で選んでるんだよ』。まさに、その通りだったわけだ。

だが、まだ解せないことはある。

なんのために？

真涼の目的は親父の軛《くびき》から脱して自らが帝王となること。それはわかってる。だが、それにしたってスケールがでかすぎる。まさか、今の段階でそこまで話を進めていたなんて思わなかった。

どうして、そこまで——。

真涼は俺の疑問には答えず、床に膝《ひざ》をついたままのカオルに視線を向けた。

「遊井くん。この前、くだらないことを私に言ったわね」

カオルが怯《おび》えたように体を震わせる。

「私が、鋭太のために、望まない政略結婚を呑《の》もうとしている？　この私が？　馬鹿を言わないで。何故《なぜ》そんなことをしなきゃいけないのかしら。そこの童貞屁理屈《へりくつ》ガリ勉野郎のために。しかも、鋭太のことが好きだって認めろですって？　私が？　誰を好きですって？　私は誰も好きなんかじゃないわ。誰も愛していない。恋なんてするはずがない。それを勝手に決めつけて、この——恋愛脳が」

吐き捨てるように言った。

それから、ゆっくりと視線を移し、俺に固定した。

蒼《あお》く美しいその目が、やせた三日月みたいに細くなる。


「ねえ。鋭太」


……ああ。

懐かしい。

懐かしいぞ。

この目は、あれだ。

初めて二人で一緒に帰って、偽彼氏《フェイク》の計画を打ち明けられた。

あの時の――まなざし。

「あなたには言ったはずよ。鋭太」

その冷淡な声が、神託のように突き刺さる。

「あなただけは知っているはずよ。私の真実。私の、本当。私の――正体」

恋愛への、激しい憎しみ。

恋愛アンチ。

それ、すなわち——。

「私は、悪魔よ」

あとがき

大詰めです。

これを書いている時点で、次巻はほとんど書き終わっています。卒業式のシーンまで、終わりました。あとはエピローグがどれくらいの長さになるかなどもろもろを考慮したうえで、十七巻あるいは十八巻にて本作は完結します。

一巻が発売された二〇一一年二月から、ちょうど十年。

鋭太《えいた》たちには紆余曲折《うよきょくせつ》様々なことがありましたが、ここに来て、すべては最初から決まっていたのではないかと思うほど、ぱちぱちっ、とピースが埋まっていく感覚があります。

しかし、ひとり——。

やっぱり、彼女だけは、「収まるべきところ」に収まるのを、最後まで、拒否してきました。

彼女が、最後に選ぶ道は、どんなものか。

物語上では最後でも、彼女たちの人生はこれからも続いていくことを考えれば、通過点にすぎないという見方もあり。

言い尽くせない感情を抱きつつ、今巻は終わりたいと思います。

今巻も読んでくださって、ありがとうございます。

最後まで見守っていただければ幸いです。

ファンレター、作品の
ご感想をお待ちしています

〈あて先〉

〒106－0032
東京都港区六本木2－4－5
ＳＢクリエイティブ（株）
GA文庫編集部 気付

「裕時悠示先生」係
「るろお先生」係

本書に関するご意見・ご感想は
右のQRコードよりお寄せください。

※アクセスに発生する通信費等はご負担ください。

https://ga.sbcr.jp/

俺《おれ》の彼女《かのじょ》と幼なじみが修羅場《しゅらば》すぎる 16

発　行　　2021年3月31日　初版第一刷発行
著　者　　裕時悠示
発行人　　小川 淳

発行所　　SBクリエイティブ株式会社
〒106−0032
東京都港区六本木2−4−5
電話　03−5549−1201
03−5549−1167（編集）

装　丁　　FILTH

印刷・製本　中央精版印刷株式会社

ISBN978-4-8156-0755-5
Printed in Japan　GA文庫

第14回 GA文庫大賞
GA文庫では10代～20代のライトノベル読者に向けた
魅力あふれるエンターテインメント作品を募集します!
イラスト／ニリツ
輝く場所はここにある!!
大賞賞金300万円＋ガンガンGAにてコミカライズ確約!
◆募集内容◆
広義のエンターテインメント小説(ファンタジー、ラブコメ、学園など)で、日本語で書かれた未発表のオリジナル作品を募集します。希望者全員に評価シートを送付します。
※入賞作は当社にて刊行いたします。詳しくは募集要項をご確認下さい。
応募の詳細はGA 文庫公式ホームページにて
https://ga.sbcr.jp/